엄마의 도쿄

엄마의 도쿄
a little about my mother

1판 1쇄 발행 | 2014년 7월 30일
1판 3쇄 발행 | 2017년 7월 15일

지은이 김민정
펴낸이 송영만
디자인 자문 최웅림

펴낸곳 효형출판
출판등록 1994년 9월 16일 제406-2003-031호
주소 413-756 경기도 파주시 회동길 125-11(파주출판도시)
전자우편 info@hyohyung.co.kr
홈페이지 www.hyohyung.co.kr
전화 031 955 7600 | **팩스** 031 955 7610

ISBN 978-89-5872-130-7 03810

값 13,800원

이 도서의 국립중앙도서관 출판시도서목록(CIP)은 서지정보유통지원시스템 홈페이지(http://seoji.nl.go.kr)와 국가자료공동목록시스템(http://www.nl.go.kr/kolisnet)에서 이용하실 수 있습니다.(CIP제어번호: CIP2014020755)

엄마의 도쿄

김민정 글 · 사진

a little
about my mother

효형출판

프롤로그

사랑은 위에서 아래로 흐른다고 한다. 그렇지만 뒤돌아보면, 엄마가 나를 사랑하듯 나도 엄마를 사랑했다. 사랑하기에 눈치를 보았다. 엄마를 기쁘게 해주고 싶었다. 아이가 웃어야 엄마가 행복하듯, 아이도 엄마가 웃어야 행복하다. 엄마를 행복하게 해주고 싶었는데, 너무 많이 돌아왔다. 엄마는 내가 '글 쓰는 사람'이 되기를 바랐다. 기자가 되어 전 세계를 돌면서 아픈 사람을 위로해주고, 못된 사람을 혼내주는 글을 쓰기를 원했다. 엄마가 살아 있는 동안 나는 그 소원을 들어주지 못했다.

꼭 그것 때문만은 아니더라도 엄마에게 늘 미안했다. 아빠는 너무 일찍 저세상 사람이 되어버렸다. 88올림픽도, 그토록 좋아하던 김민기의 정식 앨범이 네 장으로 묶여 나오는 것도 보지 못했다. 그때 나는 겨우 초등학교 5학년이었고, 엄마는 아직 마흔도 되지 않은 나이였다. 엄마는 그렇게 혼자가 되었고, 홀로 나와 동생을 키웠다.

엄마는 우리에게 "당당하라"고 말했다. 아빠 없이 학교를 다닌다는 건

무척이나 난처하고 부담스러운 일이었다. 아빠는 무슨 일 하시니? 엄마도 밖에서 일하셔? 아주 사소한 질문에도 쉽게 상처 입는 사춘기를 담담히 보낼 수 있었던 건, "당당하라"는 엄마의 말 덕분이었다. 아빠가 없는 건 내 잘못이 아니니 부끄러워할 것도 없었고, 그로 인해 생기는 경제적 어려움으로 고개를 숙일 필요도 없었다. 엄마가 있어 일본이란 낯선 타국에서 하루하루를 버틸 수 있었다.

엄마의 소원을 들어주기도 전에 의사는 엄마에게 암을 선고했고, 엄마는 예순두 번째 생일을 앞두고 숨을 거뒀다. 가장 좋아하는 계절인 가을을 기다렸지만, 엄마는 끝내 여름의 끝자락을 넘기지 못했다. 2011년 새벽 3시, 의사는 자다 일어난 덥수룩한 머리로 나타났다. 초점도 맞지 않는 눈으로 허공을 바라보며 "임종하셨다"는 한마디를 남기고 숙소로 사라졌다.

엄마와 도쿄에서 스무 해를 살았다. 열여섯이던 내가 서른 중반의 나이가 되었고, 마흔이었던 엄마는 예순을 넘어섰다. 여기서 이렇게 오래 지내리라곤 상상하지 못했다. 도쿄는 우리에게 제2의 고향이 되었다. 도쿄 살이는 쉽지 않았지만 그래도 엄마가 있어 다행이었다. 엄마도 우리가 있어 다행이었을까.

엄마가 없는 도쿄는 아무리 번잡스러워도 텅 빈 느낌이다. 어디를 가든 엄마를 찾는다. 단발머리에 파마를 한 중년의 여자를 보면, 혹시 엄마가 아닐까 해서 얼굴을 자세히 들여다보게 된다. 이제 어디에도 엄마는 없지만 도쿄의 모든 곳에 엄마의 숨결이 남아 있다. 그 흔적을 찾아 도쿄를 걸어본다. 마음을 가다듬고 나 혼자만의 시간을 보낸다. 엄마를 떠나보내는 일은 그렇게 엄마의 흔적을 더듬어가는 것에서 시작되었다.

프롤로그 004

도쿄살이 스무 해의 맛

이방인의 소울 푸드 014
믿음과 침묵 사이 020
담배와 커피의 나날 026
16평분의 애정과 간식 032
최상급 교훈 038
타국의 엄마 손맛 044
위로가 필요할 때 048
보물찾기의 묘미 052
부딪치며 사는 삶 058
작은 날갯짓과 몸부림 062
엄마를 위한 칼로리 폭탄 068
엄마 입의 발견 072
엄마 힘의 원천 078

도쿄살이 스무 해의 공간

꿈꾸는 거리 084

엄마의 연인 090

질서와 무질서의 향연 096

그대의 등이 하는 말 102

기억의 저편 108

도심 속의 오아시스 114

엄마의 심야식당 120

함께라는 기적 126

자유가 있는 언덕 132

세 여자의 봄날 138

커피와 음악의 나날 144

도쿄살이 스무 해의 흔적

100년을 이어온 은은한 향 152

소똥 냄시의 추억 158

따뜻한 발자국 162

혼자만의 시간 168

인생의 무게가 남긴 것 174

볼 때마다 뜨겁고 볼 때마다 외로운 178

돌아오지 않을 연인 182

청바지가 잘 어울리는 여자 188

엄마의 단발머리 194

Someday I Will Fly Away 200

도쿄살이 스무 해의 여행

메마른 땅에 돋아난 이파리 208

그 존재만으로 위로 214

동경의 끝 220

나 홀로 묵주 기행 226

여자, 엄마 232

치유의 바람 236

마지막 여행 242

All About My Mother 248

에필로그 254

法善寺
串の坊

도쿄살이
드무 해의 맛

手
麵
新宿
飯店
3200-0124
新宿飯店
간풍기

#1

신주쿠 반점의 짜장면
新宿飯店

이방인의 소울 푸드

토요일 저녁 메뉴는 언제나 짜장면이었다. 내가 설마 짜장면을 먹게 되리라곤 일본에 오기 전엔 상상도 할 수 없었다. 나는 조숙한 소녀였다. 입맛부터 그랬다. 어릴 때도 김치를 물에 헹궈 먹지 않았다. 공주처럼 우아하고 싶은 여자아이에게 그건 매우 부끄러운 일이었다. 투명한 물에 김치를 넣어 흔들어 먹는다니…… 절로 고개가 서너 번쯤 저어졌다. 한약을 먹은 후 사탕을 먹는 것조차 거부하던 다섯 살이었다.

그런 나에게 두 살 어린 남동생이 좋아하는 짜장면은 천대받아 마땅한 음식이었다.(남동생은 김치를 물에 헹궈 먹고, 한약에 설탕을 넣어달라 조르던 녀석이었다.) 시커먼 짜장으로 입 주위가 범벅이 된 모습은 무척 유치해 보였다. 짜장면과 어울리는 단어는 '따위'라고 생각했다.

'짜장면 따위를 먹다니, 넌 아직 아기구나.'

엄마는 남동생 생일이면 꼭 짜장면을 시켰다. 케이크와 김밥, 과일 샐러드와 불고기까지 준비하고도 짜장면을 보탰다. 딸 취향을 아는 엄마는 내 생일에는 짜장면을 시키지 않았다. 단지 짜장면만 빠졌을 뿐이었는데 괜히 섭섭했다. 그렇다고 내 생일에도 짜장면을 시켜달라고 조르지는 않았다. 고작 그런 일로 토라지는 아이가 되고 싶지는 않았으니까.

심형래의 비디오 영화를 보고선 마음이 살짝 흔들리기는 했다. 중국집 딸로 나오는 늘씬한 여주인공이 짜장면을 먹는 모습은 어린아이를 대상으로 한 영화치고는 꽤나 섹시하게 그려졌다. 이제는 영화 제목도 기억나지 않지만, '짜장면' 하면 꼭 그 장면이 떠오른다. 그녀처럼 도도하게 먹을 수 있다면 짜장면도 나쁘지 않겠다고 생각했다.

그럼에도 짜장면보다 짬뽕을 시켰다. 설사 눈물이 나도, 엄마가 먹는 매운 짬뽕 국물을 거뜬히 넘길 수 있어야 엄마와 동등한 어른이 될 수 있다고 믿었다. 먹는 내내 숨을 헐떡이며 얼얼한 입속으로 바람을 불어넣어야 했지만, 짬뽕과 짜장면 사이에서 망설임 없이 짬뽕을 선택했다. 일본에 오기 전까지는 말이다.

엄마가 일본에서 일을 시작한 후부터 가족이 함께 모여 밥을 먹는 시간은 턱없이 부족했다. 그래서 주말만큼은 꼭 같이 식사를 했다. 주로 외식을 했는데, 무얼 먹을지 의견이 어긋날 때면 가장 만만한 짜장면을 택했다. 주말이면 으레 '신주쿠 반점'으로 향했다. 신주쿠 반점은 1990년대 후반부터 2000년대 초반까지 신주쿠에서 유일한 한국식 중화요리점이었다. 유일무이한 가게였지만 매력만큼은 아주 다양했다. 면을 그 자리에서 뽑아주는데 굵기가 균일하지 않은 면에 짜장이 제대로 감긴다. 짬뽕에 넣어도 울록불록한 면발 사이로 국물이 스며들어 맛이 조화롭다. 중국집이 신주쿠 반점밖에 없던 것은 아니었지만 다른 가게는 금세 문을 닫았다.

신주쿠 반점의 짜장은 1000엔, 간짜장은 1300엔이다. 엄마는 늘 간짜장을 주문했다. 나는 간짜장보다는 덜 느끼한 짜장을 훨씬 좋아했지만 엄마는 꼭 300엔이 더 비싼 간짜장을 시켜줬다. '사랑'이란 이유에서였을 것이다. 첫 월급으로 엄마를 모시고 간 곳도 신주쿠 반점이었다. 엄마가 좋아하는 고기를 먹을까 했는데, 엄마의 대답은 의외로 짜장면이었다. 역시나 '사랑'이란 이유에서였을 것이다. 고생한 딸아이의 첫 월급을 아껴주고 싶은 마음에서 엄마는 짜장면을 선택했다.

동네 라멘 가게에서 파는 라멘의 두 배나 되는 가격이었고, 신주쿠 이탈리안 레스토랑의 파스타 런치보다 500엔이나 비쌌지만, 신주쿠 반점의 짜장면은 충분히 그럴 가치가 있었다. 가끔 엄마는 "너무 비싸니까 우리 그만 가자"고 말했지만 3주쯤 지나면 나와 동생 앞에는 다시 간짜장이 놓였다.

흔히 먹을 수 있으면서 저마다의 사연이 있는 짜장면이야말로 국민 음식이 아닐까 싶다. 도쿄에 사는 이들에겐 신주쿠 반점의 짜장면이 소울푸드다. 한국도 요즘은 면을 기계로 뽑는 중국집이 많다는데, 신주쿠 반점은 도쿄에서 수십 년간 손으로만 면발을 뽑아왔다. 한국에 갈 때마다 짜장면을 먹고 오지만 신주쿠 반점의 짜장면에 비할 바가 아니다. 그렇

나는 간짜장보다는
덜 느끼한 짜장을 훨씬 좋아했지만
엄마는 꼭 300엔이 더 비싼
간짜장을 시켜줬다.
'사랑'이란 이유에서였을 것이다.

다고 신주쿠 반점의 짜장면이 상상을 초월할 만큼 특출난 것은 아니다. 기본에 충실한 맛이 소울 푸드가 된 결정적 이유일 것이다.

짜장면은 내게 '따위'를 붙이고 싶은 음식이었다. "짜장면 따위" 뒤에는 "안 먹어", "누나라면 짬뽕을 먹어줘야지"란 말이 붙어 다녔다. 그랬던 그 '짜장면 따위'가 언제부터인가 '짜장면이라면 필히'로 바뀌어버렸다. 꼭 먹어야 하는 음식, 3주에 한 번씩 먹지 않으면 몸도 마음도 허해지는 음식이 된 것이다.
살다 보면 '따위'에 지나지 않던 것들이 '필히'로 변하는 순간이 찾아온다. 음식만 그런 것이 아니다. 사람도 그렇고 물건도 그렇다. 무심히 스쳤던 사람이 인생의 소중한 동반자가 될 수도 있고, 쓸모없어 보였던 물건이 보기보다 유용해 깜짝 놀라는 경우도 있다. '따위'가 '필히'로 변하는 순간이 언제 올지는 아무도 모른다. 한국에 살았으면 나는 지금도 짬뽕만 알았지 짜장면의 매력은 모르고 살았을 테니까.

とんかつ三太

#2

돈가스 산타의 돈가스
とんかつ三太

믿음과 침묵 사이

장미의 숲. 그래, 장미의 숲이었다. 시내 경양식집 중 하나쯤은 같은 이름의 간판을 내걸고 있었다. 문을 열고 들어가면 어두컴컴한 공간에 원목 식탁이 놓여 있고, 식탁마다 놓인 양초가 희미한 빛을 발하고 있었다. 엄마는 장미의 숲 사장과 친했다. 꽃향기가 나는 향수를 뿌린 그녀는 엄마 옆에 앉아 하소연을 들어줬다. 엄마와 아빠가 부부 싸움을 한 날, 그래서 아빠가 집에 들어오지 않은 날, 우리는 장미의 숲으로 가 돈가스를 먹었다.

사장은 많은 말을 하지 않았다. 스트레이트파마를 한 단발머리는 그녀처럼 샤프했다. 그녀에게선 도회적인 냄새가 풍겼고, 인도에서 왔을 법한 나무 목걸이를 항상 늘어뜨리고 있었다. 롱스커트도 그녀의 도도한 분위기를 만드는 데 한몫했다. 엄마는 경양식집을 꾸리며 멋 부리고 사는 여사장을 부러워했다. 가끔 그녀에게 그 치마는 어디서 샀냐고 묻기도 했다. 엄마는 커피를 마시며 우리에겐 들리지 않는 목소리로 그녀와 얘기를 나눴다. 엄마는 장미의 숲에 자신의 가시를 내려놓았다.

동생은 양송이 크림수프, 나는 토마토 야채수프였다. 크림수프를 먹고 싶은 날에도 야채수프에 만족해야 했다. 엄마는 동생 들으라고 "야채수프가 훨씬 맛있는 거야. 누나는 그 맛을 알지"라며 타박 아닌 타박을 했다. 토마토, 양파, 샐러리, 당근을 넣고 끓인 야채수프는, 초등학교 저학년인 내게는 도대체 세상에 이런 음식이 왜 존재하는지 모를 맛이었다. 오해도 이런 오해가 있을까. 엄마는 딸이 야채수프를 더 좋아한다고 믿었다. 그 오해가 마치 진실인 양 나는 시큼한 야채수프를 맛있다는 듯 꿀꺽 삼켰다. 솔직하게 말해야겠단 마음은 없었다. 엄마는 자기 딸이 야채수프를 거리낌 없이 먹는 어른스러운 아이라고 믿고 있었다. 적어도 장미의 숲 사장 앞에서 엄마의 기를 살려주려면 그 정도 믿음엔 부응해주어야 했다. 그녀에게 신세를 토로하는 엄마를 보면 야채수프를 입안에 넣은 것처럼 시큼해졌다. 그럴 땐 돈가스를 얼른 베어 물었다. 기름기가 입안에 번지며 야채수프의 시큼함을 씻어주었다.

돈가스가 일본어라니. 일본에 오기 전엔 추호도 생각하지 못했다. 일본의 돈가스는 긴자銀座에서 지금도 영업 중인 양식집 렌가테이煉瓦亭가 1890년대에 처음으로 선보인 후 대중적인 인기를 얻게 되었다. 렌가테이에서는 채 썬 양배추도 곁들였는데, 그때부터 일본식 돈가스에는 데

친 채소 대신 양배추가 딸려 온다고 한다. 돈가스는 돼지고기 커틀릿의 일본식 표현인데, 소리로는 '돈카츠'에 더 가깝게 들린다. 일본에서 돈가스는 수험생을 위한 음식이기도 하다. 돈카츠의 '카츠'가 '이기다勝つ'라는 단어와 발음이 같기 때문이다. 일본에 온 후로는, 엄마의 가시를 위해서가 아니라 시험을 앞둔 나를 위해 돈가스를 먹었다.

'돈가스 산타'는 장미의 숲과는 전혀 다른 분위기다. 내부는 매우 밝고, 1층 카운터석 안쪽에서는 요리사들이 서서 돈가스를 튀긴다. 산타의 요리사 중에는 몸집이 제법 큰 사람이 많다. 일본인은 친절하다는 통설이 있지만, 요리사는 예외다. 요리사들은 엄하다. 후배에게 엄하고 때로는 손님에게도 엄하다. 산타의 요리사들은 쓸데없이 미소 짓지 않는다. 마치 스모 선수 같다. 스모 선수가 비대한 몸집에 어울리지 않게 재빨리 상대를 쓰러뜨리듯, 재빠른 몸짓으로 기름 속 돈가스를 건진다.

결이 살아 있는 튀김옷만 봐도 군침이 돈다. 뜨거운 기름에 알맞게 튀겨진 바삭한 빵가루가 맛없을 리 없지 않은가. 양배추도 소복하게 접시에 올라 있다. 나는 돈가스부터 베어 물고 엄마는 된장국부터 마신다. 국을 한 모금 마신 엄마는 "시험 기간이네. 집에 일찍 오겠네"라고 말한다. 엄마는 한 번도 공부하라고 말하지 않았다. 대신 산타에서 함께 돈가스를 먹었다. 엄마는 내가 잘할 거라 믿어 의심치 않았다. 믿음. 그래 믿음이었다. 엄마는 그렇게 나를 믿었다.

"엄마, 다른 애들은 학원도 다니거든."

말이 나오기가 무섭게, 엄마는 내 접시에 돈가스를 한 점 덜어준다.

"이거 왜 이렇게 맛있니? 너도 하나 먹어봐."
엄마도 나도 돈가스를 베어 문다. '아삭' 하는 소리가 입 밖으로 넘친다. 빵가루가 부서지고 입안에는 고소한 기름기가 번진다.
"너는 알아서 하는 아이야."
그 말을 주문처럼 믿고 살았다. 그리고 산타의 돈가스는 주문의 힘을 최대치로 올려줬다. 엄마의 믿음 덕분인지 산타의 돈가스 덕분인지 대입 시험도 수월하게 치렀다.
돌이켜보면 돈가스는 믿음의 음식이고 침묵의 음식이었다. 바삭바삭한 돈가스를 천천히 씹다 보면 자연스레 말이 줄어든다. 말을 삼키고 그저 믿어주는 게 현명할 때도 있다. 나는 장미의 숲에서 야채수프를 남김없이 먹으며 엄마의 기대에 부응했다. 엄마는 성적 얘기로 내게 부담을 주지 않는 대신 산타에서 돈가스로 애정을 전해주었다. 엄마와 딸은 돈가스를 음미하면서, 그 단단한 육질을 지긋이 씹으면서 말없이 서로의 인생을 응원했다.

장미의 숲은 여전히 안녕할까? 장미의 숲에서 먹은 돈가스 대신 야채수프의 맛이 떠오른다. 엄마의 가시가 혀를 찌르는 듯한 시큼함도 함께. 엄마의 가시를 보듬어주던 그녀는 어떻게 지내고 있을까. 엄마를 기억하고 있을까. 엄마의 수첩엔 아직도 당신의 전화번호가 남아 있는데 말이다.

나는 돈가스부터 베어 물고

엄마는 된장국부터 마신다.

국을 한 모금 마신 엄마는

"시험 기간이네. 집에 일찍 오겠네"라고 말한다.

엄마는 한 번도 공부하라고 말하지 않았다.

대신 산타에서 함께 돈가스를 먹었다.

BISTRO GO MA YA ごまや
B2
GINZA
Renoir
喫茶室
ルノアール
Renoir
喫茶室

#3

끽다실 르누아르의 커피
喫茶室ルノワール

담배와 커피의 나날

증조할머니가 계시던 우리 집 안뜰에는 작은 소나무와 연못이 있고, 잔디가 깔려 있었다. 철마다 정원사가 와서 나무를 손질했다. 제사를 지내거나 식사를 하는 마루와 별도로 손님을 모시는 응접실이 따로 있었던 것도 인상적이었다. 여자들은 주로 부엌에 머물렀다. 그곳에서 음식을 만들고 차를 마시고 이야기를 나눴다.
엄마는 커피광이었고, 증조할머니는 커피를 광에 감추고 살았다. 엄마는 커피 한 잔 편히 마실 수 없는 집안의 첫째 며느리가 되었다. 할머니가 늘 광을 등지고 주무셔서 아무도 함부로 들어갈 수 없었다. 거기 계단이 있다면 분명 다섯 단은 올라야 할 정도의 높이였다.
증조할머니 방에 마음대로 들어갈 수 있는 건 첫 증손주인 나 하나뿐이었다. 할머니의 광에는 엄마가 그렇게나 좋아하던 커피가 있었다. 직접 만든 한과와 미제 사탕도 보였고, 치즈도 한 덩어리쯤 보관 중이었다. 오징어채도 괜찮은 간식이었다. 커피를 사지 못할 정도로 가난한 집안은 아니었지만 할머니는 며느리와 일꾼이 먹을거리를 축낼까 봐 아까워했다.
증조할머니에겐 커피와 담배가 유일한 낙이었다. 은색 치마저고리를 입고 담뱃대에 불을 붙이신다. 커피까지 있으면 금상첨화다. 할머니에게 인생의 즐거움이 무엇이었는지 나는 가늠할 수도 없다. 세 아들을 키우고 증손주까지 봤다. 할머니의 무료한 시간은 커피와 담배, 그리고 첫 증손주인 나로 채워졌다. 할머니는 나에게만큼은 늘 후했다.

1980년대였다. 당시 커피는 원두커피가 아니라 인스턴트커피였다. 미제 물건만 취급하는 보따리장수 아줌마가 오거나 시내에 나가야만 커피를 구입할 수 있었다. '미제 아줌마'라 부르던 보따리장수 아줌마를 우리는 한 달 내내 기다렸다. 밖에 자주 나가지 못하는 엄마에게 아줌마는 세상 저편을 보여주는 특별한 사람이었다. 아줌마는 향이 폴폴 나는 커피와 본 적 없는 화려한 색상의 과자와 커다란 초콜릿을 꺼내놓았다. 나는 치즈와 가루 주스에 열광했다. 아줌마가 다녀간 날이면 엄마는 나를 살짝 불렀다.
"민정아, 증조할머니한테 가서 밖에서 놀자고 해. 바람 좀 쐬자고."
"싫어. 그냥 여기서 엄마랑 놀래."
"증조할머니가 맛있는 거 주실 거야. 어서 가봐."
엄마에게 등 떠밀려 할머니 방에 들어가면, 할머니는 내 머리를 쓰다듬

으셨다. 할머니 목소리는 기억나지 않고 얼굴에 새겨진 주름들만 생생히 떠오른다. 할머니와 내가 안뜰에서 달팽이를 찾아다닐 무렵, 엄마는 광에 올라가 커피를 비닐봉지에 담는다. 엄마에겐 공범이 있었다. 우리 집에서 오래 일해온 엄마 연배의 가사도우미 아줌마였다. 아줌마와 엄마는 죽이 잘 맞았다. 엄마에게 아줌마는 집 안에서 유일하게 속내를 털어놓을 수 있는 존재였다.
어느새 엄마는 커피를 몰래 빼내는 데 능숙해졌다. 설사 들켰다 한들, 엄마는 사랑스러운 웃음을 지어 보였을 것이고, 증조할머니는 기분 좋게 커피를 조금 더 퍼주었을지도 모른다. 빼돌린 커피는 맛있었다. 엄마랑 아줌마는 살짝 숨어서 커피를 마셨다. 커피를 살 정도의 돈은 엄마한테도 있었다. 하지만 시집살이하는 며느리가 제 마음대로 커피를 사다 마실 수는 없는 노릇이었다. 호통이 날아올 게 분명했으니까 말이다.

일본에 온 후에도 엄마에게 커피는 각별한 존재였다. 엄마는 평생 커피를 달고 살았다. '끽다실 르누아르'는 일본의 커피 전문점이다. 화가 르누아르의 명성에 뒤지지 않는 커피를 내놓겠다는 포부로 이런 이름을 붙였다고 한다. 끽다실 르누아르의 주 고객은 40대 이상으로 스타벅스와 같은 요즘 커피 전문점에 비하면 무척 고풍스런 모양새다. 모든 좌석이 소파라 호텔 로비에 온 기분이다. 옆 테이블과 간격이 넓어 공간이 여유롭지만 담배 냄새가 심해 오래 머물고 싶은 곳은 아니다.
의자에 앉으면 얼음이 동동 떠 있는 물부터 가져오는데, 오시보리おしぼり란 물수건이 딸려 오는 것이 재밌다. 작은 커피 잔에 담긴 진한 커피는

540엔으로 스타벅스 커피보다 양은 적지만 훨씬 비싸다.
그래도 엄마는 어디를 가든 르누아르만 찾았다. 긴자에서도 그랬고 신주쿠에서도 그랬고 나카노中野에서도 그랬다. 어느 칼럼에선 끽다실 르누아르에는 나만의 공간이 있다고 소개했다. 그렇지만 끽다실 르누아르를 나만의 공간으로 만드는 것은 쉬운 일이 아니다. 진한 커피 한 잔을 마실 수 있는 미각과 독한 담배 냄새를 고통으로 느끼지 않을 연륜이 필수 조건이다.
엄마는 스타벅스 커피를 절대로 마시지 않았는데, 이유는 간단하다. 담배를 피울 수 없고, 모든 게 셀프서비스이기 때문이다. 엄마에게 커피는 누군가가 정성 들여 내리고, 따르고, 가져다 주어야만 의미가 있는 것이었다. 담배 한 개비를 피울 여유도 필요했다.

일본에 온 후에도
엄마에게 커피는 각별한 존재였다.
엄마는 평생 커피를 달고 살았다.

엄마가 호스피스에 입원해 있는 동안 다행히 병원에 비치된 캡슐 커피를 마실 수 있었다. 전 세계의 커피가 작은 캡슐이 되어 사이좋게 줄지어 있었다. 나는 커피를 내려 두 잔으로 나눈 후, 우유를 부었다. 그렇게 엄마와 커피를 나눠 마셨다.

모르핀 투여량이 늘어나자 엄마는 정신이 오락가락했다. 아침과 점심을 구분하지 못했으며, 한 말을 반복하기도 했다. 그래도 우리는 커피를 마셨다. 엄마의 삶이 무너졌다는 생각은 들지 않았다. 엄마와 함께 지내는 순간순간에 감사했다.

블루 마운틴이나 코피 루왁이 아니라도 좋다. 원두가 아니라도 상관없다. 증조할머니의 광에서 남몰래 꺼낸 커피도 끽다실 르누아르의 담배 향이 스며든 커피도 호스피스에서 절반으로 나눠 마시던 커피도 모두 소중하다. 돌이켜보면 어느 하나 맛있지 않은 커피가 없었고, 소중하지 않은 순간이 없었다. 엄마와 커피를 마실 수 있었다. 그래서 다행이었다.

MOS BURGER
モスバーガー

#4

모스 버거의 칠리 도그와 모스 치킨
モスバーガー

16평분의 애정과 간식

서울 아가씨였던 엄마는 결혼과 동시에 시골로 내려왔다. 엄마가 손을 잡은 남자의 집은 넓은 목장이었다. 목장에서 나와 한참을 걸어도 좀처럼 마을까지 닿지 않았다.
분가 후 도시로 나오면서 아파트 생활이 시작되었다. 엄마는 꿈에 부풀어 있었다. 방 세 칸에 넓은 거실에는 물고기들이 유유히 헤엄치는 어항과 어른 키보다 큰 괘종시계, 그리고 피아노를 들여놓았다. 집 크기는 시골집과 별반 다르지 않았다. 단지 아파트란 공간을 그 시절 우린 '신식'이라 느꼈다. 엄격한 시집, 무료한 시골에서 벗어난 엄마는 안도했다. 그러나 그 생활은 얼마 가지 않았다. 아빠는 도시로 나온 지 3년도 되지 않아 사고를 당했다. 상을 치르고 급히 이사를 했다. 34평 아파트에서 18평 주공 아파트로 집은 거의 두 동강이 났다.

아빠가 없다는 사실은 경제적인 면에서부터 우리를 주눅 들게 했다. 엄마는 우리 동네 김민제 아동복의 가장 손 큰 단골이었고, 중년 부부가 하는 이불 가게에서 매 계절마다 누비이불을 맞추는 유일한 손님이었고, 아줌마들과 어울려 헬스클럽에서 에어로빅을 하지 않아도 미쏘니의 니트 원피스가 어울리는 날씬한 여자였다. 친구들이 가장 부러워하던 엄마가 우리 엄마였다. 엄마가 학교에 찾아오면 친구들은 "너희 엄마, 엄마 같지 않더라"는 묘한 칭찬을 했다. 어깨가 으쓱하다가도 이내 표정이 살짝 굳었다. 엄마 같지 않은 엄마라니……

그런 엄마가 좁고 추운 부엌에 서서 쉴 새 없이 요리를 했다. 설탕, 달걀, 밀가루를 반죽해 과자를 튀기고 온갖 채소로 피클을 만들었다. 장조림을 잔뜩 만들어 냉장고에 넣어두었고, 갈비도 떨어지지 않게 늘 재워두었다. 학교가 끝나 집에 오면 엄마는 변함없이 샌드위치를 만들었다. 버터를 바르고 치즈와 햄을 얹었다. 오이와 양상추도 빠지지 않았다. 양배추를 마요네즈와 케첩에 버무리기도 했다. 오이 피클을 넣으면 맛이 한결 상큼해졌다. 엄마는 겹겹이 쌓은 샌드위치를 도마 사이에 넣고 무거운 그릇을 얹어 형태를 잡았다.
아빠가 돌아가시기 전엔 간식이 있어도 챙겨 먹지 않았다. 갑자기 좁은 아파트로 이사한 후 새삼스레 허기가 느껴졌던 것일까, 아니면 엄마의 샌드위치가 지나치게 맛있었던 것일까. 우리는 하루도 빠짐없이 샌드위치를 먹었고, 동생과 나는 1년 새에 10킬로그램 가까이 몸무게가 늘었다. 엄마는 아빠가 없는 스트레스로 인해 우리가 살이 쪘다며 안타까워했다. 우리도 그렇게 믿었다. 그게 엄마의 샌드위치 때문이라곤 미처 생각하지 못했다. 생활은 점점 궁핍해졌다. 동네 미제 가게에서 소시지나 체리 절임을 사는 일이 줄었다.
두 아이를 키우며 처음으로 엄마의 그 시절을 떠올린다. 샌드위치를 쌓으며 엄마는 무슨 생각을 했을까. 34평 아파트를 떠나면서 엄마는 소중한 물건을 모두 처분했다. 괘종시계와 전축, 몇 장 안 되던 LP, 벽을 장식하던 가족사진이 사라졌다. 엄마는 우리가 잃은 16평분의 허기를 샌드위치로 달래주고 있었다.

일본에 온 후 엄마는 샌드위치를 만들지 않았다. 엄마는 일을 했고, 우리는 학교생활에 충실했다. 우리의 간식은 주로 '모스 버거'였다. 햄버거라고는 도통 먹지 않는 엄마도 모스 버거라면 입가에 미소가 번졌다. 일주일에 한 번쯤 모스 버거, 모스 칠리 도그, 모스 치킨을 사 먹을 때면 온 세상을 가진 듯한 행복을 얻었다. 칼로리 폭탄쯤은 두렵지 않았다. 엄마가 샌드위치를 만들어주던 기억은 감쪽같이 잊었다.
우리는 새로운 환경에 적응하기 위해 애썼다. 낯선 일본 학교보다는 편안할 거라고 생각해서 한국 학교를 택했지만, 다이어트에 성공하고 친구까지 많이 사귄 남동생과는 달리 나는 쉽게 적응하지 못했다. 엄마가 속상할까 봐 제대로 말도 못했지만, 담임 선생님은 출석을 부를 때 고의인지 불찰인지 내 이름만 건너뛰었고, 나는 어느 그룹에도 섞이지 못하고 고립되었다. 그렇게 거의 반년을 있는 듯 없는 듯 홀로 보냈다. 주재원 자녀들이 대부분인 학교에서 괜한 자격지심도 느꼈다. 부모가 주재원이라는 이유로 한국에 있는 대학에 지원할 때 특례 입학 제도를 이용할 수 있는 아이들과 혜택이라곤 눈곱만큼도 받지 못하는 나와의 거리는 지구와 명왕성의 거리보다 더 멀게만 느껴졌다. 너무나 불공평한 세상에 화가 났다.

나는 주로 학교 도서실에서 한국 문학 전집을 보며 시간을 때웠다. 다행히도 도서실 임원을 맡게 되어 원 없이 책을 읽을 수 있었다. 외로워서 학교에 가기 싫은 날도 있었다. 하루 쉬겠다고 말하면 엄마는 고개를 끄덕였다. 외톨이인 내 처지를 아는지 모르는지 "모스 버거가 참 맛있다"며 내 손을 이끌었다. 가끔은 하늘도 보고 바람도 쐬라고 엄마는 말했다. 모스 버거의 소스는 눈물나게 달콤했다.

일주일에 한 번쯤
모스 버거, 모스 칠리 도그, 모스 치킨을
사 먹을 때면
온 세상을 가진 듯한 행복을 얻었다.

모스 버거에 앉아 엄마가 좋아하던 메뉴를 시킨다. 주문을 받고 만들기 시작하니 십여 분을 기다려야 한다. 오후 3시의 엄마표 샌드위치가 떠오른다. 엄마는 한 단 한 단 마치 돌탑을 쌓듯 빵 위에 치즈와 햄을 얹고 빵을 얹고 채소를 얹고 또 빵을 얹었다. 좁은 부엌이 버터와 마요네즈, 그리고 차가운 햄의 냄새에 취해 있는 동안 불안과 초조가 엄습한 시간이 차곡차곡 쌓여갔다.
가족을 지키기 위해 엄마가 기도하며 보냈던 그 시간을 안아주고 싶다.

#5

마하라자의 인도 요리

マハラジャ

최상급 교훈

대학을 졸업하고 회사원이 되었다. 통역 일부터 시작했다. 직장과 업무를 몇 차례 바꾸면서 근거지도 유라쿠초有楽町에서 롯폰기六本木로, 다시 신주쿠로 바뀌었다. 단 하나 바뀌지 않는 건 점심시간이다. 나는 그 시간이 늘 어색했다. 누군가와 함께하는 것도, 혼자 먹는 것도 어색했다.

학창 시절에도 그랬다. 반 아이들 전원과 얄팍한 우정으로 두루두루 묶여 있던 내게, 누구와 점심을 먹어야 할지는 꽤나 난감한 문제였다. 키 큰 아이들 그룹에 섞여야 할지, 반장네 무리에 끼여야 할지, 성당 친구들 사이로 들어가야 할지……

나는 때로 그 모든 그룹을 하나로 뭉쳐보기도 했지만, 그러면 누군가는 살며시 불만을 표시하곤 했다. 회사원이 되어서도 상황은 비슷했다. 선배와 같이 밥 먹는 걸 좋아하지 않는 동료도 있었고, 동료 사이에도 네

편 내 편이 있었다.
어느 날 그 모든 것이 귀찮고 복잡하게만 느껴졌다. 결국 혼자 먹는 것이 가장 편하다는 결론을 내렸다. 일본에선 혼자 식사하는 사람이 많다. 어떤 가게는 자리에 칸막이를 세워 혼자 온 손님을 배려하기도 하고, 그 좁은 공간에 텔레비전까지 설치한 곳도 있다.
일본인의 평균 점심 값은 500엔인데 그 돈으로 살 수 있는 건 편의점 도시락이나 맥도날드 햄버거 정도다. 나는 주로 레스토랑에서 내놓고 파는 도시락을 먹거나 편의점에서 산 호빵과 주스로 허기를 때우기도 했다. 지치고 피곤한 날에는 특별히 인도 요리를 먹었다. 고소한 난에 달콤하면서 매콤한 인도 카레를 올려 먹는 그 맛은 중독성이 강했다.

엄마도 인도 요리를 좋아했다. 신주쿠 지하 1층의 한 인도 음식점에서 녹색 코코넛 카레에 난을 찍어 먹으며 엄마는 내게 말했다. 고등학교에 들어간 지 일주일쯤 되던 날이었다.
"이제부터는 아침에 혼자 일어나도록 해. 도시락도 알아서 챙기고."
원래 아침에 혼자 일어나는 편이었지만, 엄마의 말이 떨어진 후부터는 더 철저해졌다. 알람을 두 개나 맞추고, 교복도 미리 옷걸이에 걸어두었다. 혼자 일어나 도시락을 싸면서 내 인생이 엄마 것이 아님을 알아갔다. 아무도 깨워주지 않는 아침은 나쁘지 않았다. 그건 내가 점점 어른이 되어간다는 증거였고, 엄마가 나를 조금씩 놓아주는 과정이었다.
스무 살 생일에도 우리는 인도 음식점을 찾았다. 엄마는 축하 인사를 끝내기 무섭게 말했다.

"스무 살이 되었으니 네가 원하는 대로 살아도 돼. 그렇지만 네 인생에 책임을 지는 것도 너란 걸 잊지 마."
준비된 말투였다. 엄마는 이날을 오래 기다려온 듯했다. 나는 토를 달지 않고 고개를 끄덕였다.
"남자 친구를 사귀어도 돼. 집에 안 들어와도 돼. 하지만 네가 어디 있는지는 엄마한테 꼭 알려줘."
엄마는 요즘 말로 '쿨'했다. 개방적이고 객관적이었다. 나보다 스물여섯 해를 더 살아온 씩씩함과 지혜가 엄마 안에 담겨 있었다.

나는 중고교 시절을 모두 모범생으로 살았다. 고지식한 나를 엄마는 은근히 자랑스러워하면서도 신기해했다. 꼭 그렇게 열심히 살 필요는 없다고 엄마의 눈은 말했다.
엄마를 너무 힘들게 하고 싶지 않아서, 모범생으로 지내는 것 외엔 상상도 해보지 못했다. 그런 내게 엄마는 이제 대학생이 되었으니 연애를 하고, 연애를 하게 되면 책임을 지란다.
연애를 하라고? 외박을 해도 된다고? 엄마한테 연락만 하라고? 첫사랑도 제대로 못 해봤는데! 엄마의 얘기는 뭐랄까, 지금까지 먹던 감자와 당근이 깍둑썰기로 들어간 카레가 정통 카레가 아니었단 사실을 알았을 때의 '매우 난감' 같은 느낌이었다.

20대 시절 엄마는 굵은 쌍꺼풀과 오뚝한 콧날, 늘씬한 다리와 긴 생머리를 지닌 매력적인 여인이었다. 엄마는 분명 정열적인 사랑을 한 번 이상

했을 테고, 그래서 젊은이들의 사랑에 관대했으며, 딸인 내게도 사랑을 즐기라고 말해준 것이다. 그렇지만 책임감을 갖고 사랑해야 하고, 사랑 때문에 엄마에게 거짓말하지는 말라고도 일렀다. 엄마와 딸의 신뢰 관계는 평생을 좌우하는 문제니까. 역시나! 엄마는 모든 걸 알고 있었다.

그리고 나는 정말 연애를 시작했다. 여학생이 적은 학부에, 한국인 여학생은 나 하나다 보니 저절로 주목을 받았다. 대학 생활 동안 연애를 하고 또 했다. 몇몇은 엄마에게 소개하고 살짝 품평(?)을 받기도 했다. '책임을 지고 연애를 하라'는 충고는 내 모든 연애의 기본이었다. 책임질 수 있는 선에서 최선을 다해 사랑했고 덕분에 좋은 사람을 만나 아름다운 사랑을 할 수 있었다.
연애를 시작하면서 엄마랑 인도 음식점에 가는 일은 점점 드물어졌다. 대학 4년간은 엄마와 심적 거리가 가장 멀었던 기간이기도 했다. 더 이상 '아빠 없는 아이'란 굴레를 쓰지 않아도 되었고, 거기에 연인까지 얻었으니 하루하루가 벅차고 뿌듯했다. 그럴수록 엄마와 외식하는 횟수는 줄어들었다.

엄마는 요즘 말로 '쿨' 했다.
나보다 스물여섯 해를 더 살아온
씩씩함과 지혜가
엄마 안에 담겨 있었다.

점심시간에 인도 음식점에 앉아 카레 냄새를 맡고 있으면, 갓 스물의 내게 책임을 지고 사랑하란 말을 꺼낸 엄마의 진지한 얼굴이 떠올라 피식 웃음이 나오기도 했다. 나는 어느새 인도 음식점에서 테이크아웃을 하거나, 아예 혼자 자리를 잡고 앉아 난을 뜯어 먹으며 점원과 대화를 나눌 수 있을 정도로 수더분한 '어른' 여자가 되어버렸다.

"당당한 태도로 살아. 자유롭게 선택하고 마음껏 즐겨. 그렇지만 삶의 모든 책임은 네게 있다는 걸 잊지 마."
엄마가 내게 남겨준 최상급 교훈이다.

#6

쿤메의 타이 요리
クンメー

타국의 엄마 손맛

도쿄에서 가장 유명한 타이 음식점은 신오쿠보新大久保의 '쿤메'다. 새콤달콤하면서도 매콤한 맛이 살아 있고 양도 푸짐해 늘 사람들로 북적인다. 엄마와 나도 쿤메에 종종 갔다. 그런데 아무리 엄마와 딸이라지만 이야깃거리가 항상 넘쳐나는 것은 아니었다. 밥을 먹다가 더 이상 할 말이 없을 때, 엄마가 먼저든 내가 먼저든 가방을 열고 책을 한 권 꺼냈다.

책 읽는 여자는 섹시하다고 엄마는 말했다. 엄마가 이야기하는 섹시함의 기준은 언제나 지성이었다. 엄마는 여자는 분위기가 있어야 한다는 말도 잊지 않았다. '분위기 있는' 여자가 되려면 부드러운 감성을 갖춰야 하고, 지적인 대화를 나눌 수 있어야 한다고 엄마는 말했다. 그런 말을 초등학교 시절부터 듣고 컸다. 분위기 있다는 게 뭘 의미하는지 그때는 알지 못했다.

엄마는 언제나 가방에 책을 한 권 넣고 다니면서 틈틈이 읽었다. 가게 손님 대부분이 글을 쓰는 사람들이다 보니 엄마도 열심히 읽고 공부하고 메모했다. 매일 일기도 빼먹지 않았다. 그렇게 조금씩 일본이라는 타국에 적응해갔다. 젊은 날에 남편을 잃고 타국에서 가게를 운영하며 두 아이를 키워야 했던 가혹한 인생이었지만, 엄마는 주어진 인생을 평범한 일상으로 살뜰히 빚어갔다.

나는 톰얌꿍을 주문하고 엄마는 공심채와 해물볶음을 주문한다. 엄마는 언제나 공심채를 골랐다. 소금으로만 간을 해 짭짤함과 고소함이 유난히 돋보이는 요리다. 그윽한 마늘 향이 코를 간질인다.

"어제 아주 속상한 일이 있었어."

"뭔데?"

"어제 가게에서 어떤 사람이 엄마한테 담배꽁초를 던지고 갔어."

흔히 있는 일은 아니었다. 가게 경영주들 중에서는 한국인인 엄마를 못마땅하게 생각하고 텃세를 부리는 사람도 있었지만 손님 대부분은 조용하고 친절했다. 엄마는 이 일로 오래 괴로워했다. 자신이 한국인이란 사실을 숨기는 것이 더 좋을지 고민했다. 그런 엄마가 측은했지만 어떻게 위로하면 좋을지 몰랐다. 엄마가 좋아하는 공심채를 하나 더 추가하고 엄마 이야기에 귀 기울이는 것밖에는 떠오르지 않았다. 톰얌꿍을 한 숟가락 떠 넣으니 어느새 눈물이 흐른다. 아냐, 매워서 그래.

한국 여자 홀로 가게를 운영하는 건 쉽지 않았다. 엄마와의 약속을 어기고도 모른 척했던 손님, 엄마에게 "조센징"이라는 단어를 서슴없이 내

뱉은 우익 성향의 손님, 엄마의 말 한마디에 토라져서 발길을 끊은 손님도 있었다. 엄마는 처음엔 마음을 졸였고, 어떻게 하면 더 친해질 수 있을지, 어떻게 하면 서로 마음의 응어리를 풀 수 있을지 고민하며 일본어를 더 익히려고 애썼다. 선물 공세를 하기도 했다. 하지만 때로는 그런 노력도 소용이 없었다.

"그러려니 해야겠지?"

손님들은 모두 고마운 존재였다. 가끔 변덕스런 손님들이 있었지만 엄마는 그러려니 하며 받아들이기로 마음먹었다. 때로는 무덤덤하게 받아들이는 게 필요하다. 엄마와 나는 타국 생활을 통해 사람 대하는 법을 조금씩 터득하고 있었다. 가끔은 문을 살짝 닫아두는 것도 나쁘지 않았다.

음식으로 마음을 달래고 싶을 때는 쿤메에서 타이 요리를 먹었다. 시큼털털하면서도 혀가 아리도록 매운 타이 요리는, 음식으로 스트레스를 푼다는 게 뭔지 알려주었다.

쿤메란 '엄마 손'이란 뜻이다. 엄마가 좋아하던 엄마 손맛은 무엇이었을까. 내가 엄마에게 해줄 수 있는 건 수제비를 만들거나 타이 음식점에 함께 가는 것뿐이었다. 쿤메의 쫄깃쫄깃한 춘권과 깔끔한 맛의 공심채는 엄마의 슬픔과 외로움을 달래주었다. 타이의 엄마 손맛은 한국에서 일본으로 건너온 우리에게도 유효했다.

#7

묜의 베트남 요리
ミュン

위로가 필요할 때

엄마와 자주 가던 음식점 중 하나가 '묜'이다. 지하 1층에 있는 이 가게는 어디서든 볼 수 있는 테이블과 의자가 놓여 있을 뿐 그 어떤 꾸밈도 없었다. 그런데도 원조 베트남 음식점 묜에는 손님들이 끊이질 않았다. 저녁 시간에는 줄을 서야 할 정도였다. 공들이지 않은 실내가 맛에 대한 자부심을 표현하는 방식이었는지도 모르겠지만, 엄마가 처음 나를 묜에 데려갔을 때 무척 실망했다. 나는 베트남에 대한 환상이 있었다. 아리따운 여인들이 아오자이를 입고 깔끔한 거리를 산책하는 모습이 내가 상상하던 베트남이었다. 그에 비해 묜은 너무 삭막했다.

엄마는 다큐멘터리 프로그램을 좋아했다. 특히 여행 다큐멘터리는 빼놓지 않고 챙겨 봤다. 우리 가족은 여행을 쉬지 않고 다녔다. 주말이면 차를 타고 어디로든 떠났다. 아빠가 돌아가신 후 엄마는 제대로 여행을 가보지 못했다. 갑작스레 싱글맘이 된 여인에게 여행은 너무나 사치스런 단어였다.
회사원이 된 후 엄마에게 함께 여행 가자고 몇 번이나 졸랐다. 베트남이건 바티칸이건 비용은 내가 마련할 참이었다. 엄마는 번번이 그럴 수 없다며 여행 자체를 거부했다. 대신 뮨에서 베트남을 즐겼다. 월남쌈을 싸 먹고, 기름에 튀긴 베트남식 춘권을 먹었다. 상상 속 베트남의 분위기와는 사뭇 달랐지만, 무심하게 단장한 가게에서 그럴듯한 베트남 요리를 음미하는 시간은 그다지 나쁘지 않았다.

도쿄의 매력은 다양성에서 나온다. 그 다양성의 근원은 음식이다. 도쿄에서는 전 세계 각지의 요리를 먹을 수 있다. 80년대 말부터 90년대 초반까지 거품 경제로 무르익던 일본을 찾아 각국에서 사람들이 몰려들었고, 일부는 그네들의 소울 푸드를 팔면서 일본에 자리를 잡았다. 거품 경제는 말 그대로 거품처럼 사라졌지만, 전 세계 사람들과 음식들이 남았다. 도쿄에서 먹는 음식은 본토에서 먹는 것보다 훨씬 세련되고 맛도 좋다. 고향을 떠나야 했던 사람들의 그리움이 음식에 담겨 있기에 도쿄에서 맛보는 외국 음식들이 이토록 빛을 발하는 게 아닐까.
우리는 베트남 요리를 먹으며 베트남에 여행 온 듯 들떴고, 인도 요리를 먹으며 인도 요리가 이렇게 맛있는 줄 몰랐다며 극찬했다. 인도식 요구르트 라씨와 러시아의 딸기 잼이 가득 든 홍차도 별미였다. 그런 음식을 먹을 때마다 '이방인'이라는 점에서 동질감을 느꼈다.

우린 왜 일본에 왔을까? 언제까지 이 타국에서 살아야 하는 걸까? 가끔 그런 생각이 들기도 한다. 그럴 땐 집에서 삼겹살을 구워 상추에 싸 먹는다. 여유가 되면 뮨에서 월남쌈을 먹는다. 한 손 가득 쌈을 쥐고 부지런히 먹다 보면 마음의 짐도 한결 가벼워지는 듯했다.

때때로 엄마는 한국에 돌아가고 싶어 했다. 딸은 그보다 자주 한국에 놀러 가고 싶어 했다. 그렇지만 한국에 간다 한들 집도 없고 일자리도 없다. 현실이란 그런 것이다. 한국을 떠나고 싶어 떠난 것은 아니었다. 먹고살기 위한 선택이었다. 이젠 일본을 떠나고 싶어도 떠날 수 없다. 그 역시 먹고살기 위한 선택이다.

당신은 왜 일본에 사나요? 그런 질문이 난센스에 지나지 않는다는 걸, 외국에서 살아본 사람들은 안다. 쌈으로 가득한 입을 오물오물하며 대답하는 척하지만, 사실은 입이 꽉 막혀 아무 말도 할 수가 없다. 근사한 이유란 없기 때문이다. '먹고살려고'라는 대답을 꺼내면 말하는 자도 듣는 자도 너무 팍팍해진다.

누구에게나 위로가 필요하다. 그럴 때 찾게 되는 뮨의 푸짐한 월남쌈과 따뜻한 쌀국수와 춘권은, 내 나라 음식도 아닌데 내 나라 음식마냥 훈훈하고 다정하다.

串の坊
串の坊

#8

구시노보의 구시아게
串の坊

보물찾기의 묘미

신주쿠 이세탄 백화점 옆에는 음식점만 모아놓은 이세탄 회관이 있다. 골목 안쪽인데다 약간 오래된 건물이라 그다지 눈에 띄지 않지만, 지하 1층부터 8층까지 세계 각국의 음식들을 맛볼 수 있는 곳이다.
건물 꼭대기 8층에 오사카 음식 구시아게串揚げ 전문점 '구시노보'가 있다. 구시는 꼬치, 아게는 튀김으로, 꼬치에 끼워 튀긴 음식을 '구시아게'라고 한다. 도쿄식 튀김은 채소를 썰어 튀김 가루를 입혀 튀기지만, 오사카식은 다양한 재료를 작은 크기로 잘라 꼬치에 끼운 후 밀가루 옷에 다시 빵가루를 덧입혀서 튀긴다.
테이블 위에는 양배추와 당근, 무, 오이가 놓여 있다. 생으로 소금을 찍어 먹는다. 주문도 필요 없다. "오마카세데おまかせで" 한 마디면 된다. 맡길 테니 알아서 달라는 뜻이다. 그러면 순서대로 하나씩 구시아게를 튀

겨 내온다. 깻잎에 만 새우, 표고버섯, 돼지고기와 파를 번갈아 꽂은 꼬치, 얇게 썬 곤약 등 약 30여 종의 튀김이 준비되어 있다. 겉으로만 봐서는 도통 무슨 재료인지 알 수가 없다.
"인생은 초콜릿 박스와 같다." 영화 〈포레스트 검프〉의 유명한 대사가 떠오른다. 먹어보지 않고는 그 안에 무엇이 들어 있는지 모른다는 말이다. 구시아게도 마찬가지다. 먹어보기 전에는 무엇인지 알 수 없는 재료들이, 최소한의 두께로만 입혀진 섬세한 빵가루 안에 숨어 있다. 전부 맛볼 수 있으면 좋으련만, 절반쯤 먹으면 배가 불러온다. 고비는 아스파라거스다. 아스파라거스만 잘 넘기면 몇 개 더 먹을 수 있다. 단, 열량을 생각하면 아스파라거스에서 멈추는 것이 현명하다.
재료만큼이나 구시아게를 위한 소스도 다양하다. 각종 고기와 생선을 우려낸 갈색의 달콤한 오리지널 소스, 복어 뼈를 갈아 넣은 천연 소금, 일본산 라임이 들어간 폰즈, 그리고 케첩과 겨자도 마련되어 있다. 어디 찍어 먹으면 좋을까? 정답은 없다. 자유롭게 선택하고 자기 입맛에 맞게 먹으면 그만이다.

2007년 일본의 문화재로 등록된 오사카의 탑, 쓰텐카쿠通天閣 주변은 유명한 구시아게 촌이다. 같은 구시아게인데 구시노보의 구시아게는 좀 더 섬세하고 사치스럽다. 오사카의 서민 음식을 고급스럽게 바꿨다. 고구마를 튀겨도 흔한 튀김과는 다른 맛이 난다. 고구마를 감싼 빵가루는 기분 좋을 정도로 바삭바삭하다. 아스파라거스도 얼마나 적절하게 튀겼는지 재료 본연의 쫄깃함과 부드러움이 제대로 살아 있다. 달콤한 된장

소스를 바른 곤약의 부드러우면서 적당히 단단한 질감도 일품이다. 재료의 향, 식감, 맛이 기름에 감춰지는 것이 아니라, 기름 속에 들어갔다 나온 후 더 살아나도록 조리했다.
은은한 조명이 비추는 카운터 앞에 앉아 다양한 재료를 쉴 새 없이 튀기는 요리사를 보는 재미도 쏠쏠하다. 일본 사람들은 테이블석보다 카운터석을 선호하는 경향이 있다. 특히 튀김이나 스시 전문점에서 그 모습이 잘 드러난다. 신선하고 믿을 만한 음식이란 사실을 요리사는 알리고 싶을 테고, 손님은 눈으로 확인하고 싶을 것이다. 그 욕망의 접점이 요리사를 둘러싼 카운터석인 셈이다. 카운터석은 혼자 먹으러 갈 때도 유용하다. 요리사와 대화를 나눌 수도 있고, 더 맛난 재료를 먹어볼 수도 있다.

일본에 온 직후 엄마와 나는 구시아게에 빠져 살았다. 가격이 만만치 않아 한두 달에 한 번뿐이었지만, 구시아게를 먹는 날은 얼굴이 피었다. 열 번째 나오는 아스파라거스에서 우리는 항상 고민했다.
"이젠 한계야."
"좀 더 먹지."
"엄마는 배 안 불러?"
아스파라거스를 베어 물면서 변함없는 대화가 오갔고, 계산대 앞에선 변함없는 한숨도 오갔다. 이번 달은 쇼핑하지 말자고 다짐하고 또 다짐했다.

엄마의 인생은 어떤 초콜릿이었는지, 어떤 구시아게였는지, 나는 알 수

일본에 온 직후 엄마와 나는
구시아게에 빠져 살았다.
가격이 만만치 않아
한두 달에 한 번뿐이었지만,
구시아게를 먹는 날은 얼굴이 피었다.
열 번째 나오는 아스파라거스에서
우리는 항상 고민했다.
"이젠 한계야."
"좀 더 먹지."
"엄마는 배 안 불러?"

없다. 그건 엄마만 아는 초콜릿이고 엄마만 아는 구시아게였을 것이다. 맛본 사람만이 아는 것. 모든 초콜릿이 달콤하듯, 그건 분명 달콤했을 것이다. 모든 구시아게가 고소하듯 어떤 것을 골라도 고소했을 것이다.
〈포레스트 검프〉의 "인생은 초콜릿 박스"란 대사는 좀 더 생각해볼 여지가 있다. 무엇을 골라도 달콤하지만 또 씁쓸하기도 하니까 너무 주저할 필요는 없다고. 하지만 때론 그 주저함이 삶을 윤택하고 즐겁게 만들기도 한다. 고르기 전의 콩닥콩닥과 두근두근 사이를 오가는 재미를 즐기면서, 골랐다면 주저 없이 입안에 넣어보는 건 어떨까.

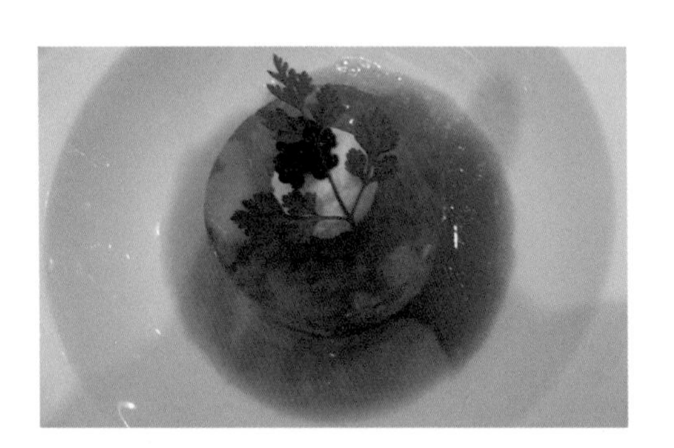

#9

프렌치 레스토랑 라마주의 디저트 뷔페
ラマージュ

부딪치며 사는 삶

도쿄 오모테산도表参道는 산책하기에 좋은 거리다. 명품점이 줄지어 있고, 잡지에서 방금 나온 듯한 '패션 종결자'들이 쉴 새 없이 지나가 볼거리도 많다.
비가 내리고 있었다. 봄이 올 듯 말 듯한 날씨였다. 엄마와 오모테산도에서 쇼핑을 하다 문득 스파이럴 빌딩에 위치한 레스토랑 라마주가 떠올랐다. 프렌치 풀코스를 먹기엔 너무나 캐주얼한 차림이었지만, 그냥 집으로 돌아가기는 아쉬웠다. 한 달 앞으로 다가온 결혼에 서로가 더 애틋해지던 때였다.

"엄마는 왜 아빠랑 결혼했어?"
"사랑하니까 결혼했지. 외할아버지가 병으로 입원하셨을 때 아빠가 매일 병문안을 왔어. 아빠네 집이 목장이란 걸 알고 외할아버지가 많이 좋아하셨거든. 넓은 초원에서 사는 게 꿈이셨다며."

"엄마가 이뤄주려고?"

"글쎄, 엄마가 좋아하는 외할아버지가 좋다니까 결혼한 거지."

연애 시절에 아빠는 목장에서 난 달걀과 과수원에서 수확한 과일을 엄마에게 가져왔다고 한다. 때로는 배추나 무, 쌀을 양손 가득 들고 엄마 집 앞에서 하염없이 기다렸다. 동네 아줌마들은 "아이고, 아가씨! 저 총각이 하루 종일 기다렸어"라며 못마땅하게 말했다지만, 엄마에게 그런 남자는 아빠 하나가 아니었다. 엄마는 늘 도도하고 당당했다. 그래도 가장 끈질기게 구애한 이는 아마 아빠가 아니었을까 싶다. 아니면 가장 잘생긴 사람이 아빠였는지도 모른다.

"내가 결혼해도 될까?"

"안 하는 것보다는 해보는 게 낫지."

"내가 결혼해도 될까?"

"안 하는 것보다는 해보는 게 낫지."

엄마는 명쾌했다. 엄마는 무엇이든 해보면 적어도 '경험치' 정도는 남길 수 있다고, 더 큰 사람으로 성장할지도 모른다고 덧붙였다. 엄마다운 대답이었다. 결혼은 숭고한 일이지만, 숭배의 대상은 아니라고 엄마는 말하고 있었다.

엄마에게 결혼을 알린 라마주에서 결혼 피로연을 열기로 결정했다. 라마주를 피로연장으로 정한 후 거의 매주 한 번은 그곳에서 식사를 했다. 일본에서 결혼식의 주인공은 '신부'가 아니라 '손님'이다. 기억에 남을 식사를 대접하기 위해 남편과 나는 라마주의 거의 모든 메뉴를 시식하며 우리만의 풀코스를 꾸렸다.

디저트는 공중 정원에서 뷔페로 즐길 수 있게 준비했다. 음식이 맛있어야 피로연이 즐거울 거라는 생각에서였다. 공중 정원의 디저트 뷔페에 모두 눈이 휘둥그레졌다. 딸기 생크림 케이크, 초콜릿 무스 케이크, 넛츠 무스 케이크 등 각종 케이크와 프루트칵테일, 과일, 초콜릿은 손님들의 기분을 한껏 들뜨게 했다. 따뜻한 축하 인사가 끊이지 않는 피로연이었다.

삶은 누구에게나 아득하다. 그 아득한 삶이 잠시나마 아늑한 시간이 될 수 있는 가정을 만들어가고 싶다.

はちどり

#10

하치도리 카구라의 파운드케이크
はちどり菓蔵

작은 날갯짓과 몸부림

케이크 하면 버터크림 케이크를 최고로 꼽던 때가 있었다. 그 시절에는 생일이면 장미가 수놓인 버터크림 케이크가 상에 올랐다. 생크림 케이크가 등장한 이후 버터크림 케이크는 거의 자취를 감추었지만 말이다. 2009년 도쿄에 프랑스산 버터를 사용하는 베이커리 에시레ECHIRE가 오픈했다. 에시레의 명물은 하루 열다섯 개만 판매하는 버터크림 케이크이다. 아침 일찍부터 줄을 서지 않으면 구경도 할 수 없어 소문만 무성한 케이크이다. 에시레 버터크림 케이크가 판매되면서 도쿄엔 다시 버터크림 케이크가 모습을 보이고 있다. 동네 케이크점에도 생크림 케이크 사이로 버터크림 케이크가 한 개쯤 얼굴을 디밀고 있다. 너무 오랜만에 보니 반갑기도 하고, 부드러우면서도 느끼했던 추억의 맛이 입가에 맴돈다.

엄마는 버터크림 케이크를 좋아하지 않았다. 그 시절의 버터크림은 시간이 조금만 지나도 굳어서 단단해졌고, 느끼함이 입안에 오래 남아 여간해선 사라지지 않았다. 내가 어릴 땐 생크림 케이크가 없었다. 생크림 케이크를 처음 맛본 게 중학교 때였다. 엄마는 우리 생일에도 버터크림 케이크를 사지 않았다. 어쩌다 누가 선물해주면 마지못해 받기는 했다. 울긋불긋한 색소가 들어간 버터크림 케이크는 세련미를 추구하던 엄마에겐 촌스러움의 극치였다. 케이크를 뒤덮은 엄청난 양의 버터가 건강에 좋을 리도 만무했다. 우린 버터를 다 도려낸 스펀지케이크만을 먹었다. 케이크에 딸려 오는 플라스틱 나이프로 버터크림을 깔끔히 도려내야 엄마는 흡족해했다.
생일이면 늘 파운드케이크를 먹었다. 자르지 않은 파운드케이크에 촛불을 켜고, 노래를 불렀다. 엄마는 빵에는 관심이 없었지만, 파운드케이크는 예외였다. 호두가 들어간 것, 초콜릿 맛이 나는 것, 건포도가 가득한 것 등 엄마는 종류별로 찬장 안에 넣어두었다가 학교가 파하고 돌아오면 우유와 함께 한 쪽씩 내주었다. 카스텔라처럼 부드럽지 않고, 버터크림 케이크처럼 화려하지도 않은 파운드케이크를 엄마는 왜 그렇게 좋아했을까? 파운드케이크에 엄마만의 사연이라도 있었던 것일까? 나는 한 번도 왜 그리 좋아하느냐고 묻지 않았다.

엄마가 아프기 시작해 아무것도 넘길 수 없었을 때 파운드케이크를 드시고 싶어 했다. 우유에 살짝 적신 케이크는 엄마의 하루하루를 견디게 하는 고마운 양식이었다. 마침 지인이 유기농 재료로 만든 '하치도리 카

카스텔라처럼 부드럽지 않고,

버터크림 케이크처럼

화려하지도 않은

파운드케이크를

엄마는 왜 그렇게 좋아했을까?

파운드케이크에

엄마만의 사연이라도 있었던 것일까?

구라'의 파운드케이크를 선물해준 덕에 팬이 되어버렸다. 하치도리 카구라는 도쿄의 아사가야阿佐ヶ谷에 있는 자그마한 가게다. 가게 안에 세 명이 들어가면 가득 찰 정도다. 의자도 테이블도 없다. 최소한의 공간에서 기본 재료로만 케이크를 굽는다. 해초를 먹고 자란 닭의 신선한 달걀을 사용한다는 점도 놀랍다. 진열장에는 검은콩 파운드케이크, 바나나 파운드케이크, 유자 파운드케이크, 로즈마리 초코칩 파운드케이크 등 별의별 파운드케이크가 가득하다. 과자나 다른 빵은 찾아볼 수 없다. 오로지 한 우물만 파는 곳이다. 버터 냄새가 은은하고, 달콤한 설탕 냄새도 어렴풋이 난다. 맛은 순하기 그지없다.

하치도리는 벌새를 뜻한다. 『벌새의 물 한 방울』이란 책에서 따왔다고 한다. 이야기는 대략 이렇다. 아마존 숲에 산불이 났다. 동물들은 불길을 피해 달아나지만, 몸집이 가장 작은 벌새는 호수로 날아가 온몸에 물을 적시고 숲으로 돌아와 물을 뿌려댄다. 벌새를 본 동물들은 "이 바보야, 그 작은 몸집으로 불을 끄려고 하다가 까맣게 그을려 죽고 말 거야"라고 조롱한다. 그러나 벌새는 듣지 않는다. "오직 나만이 할 수 있는 일을 하는 것뿐이야"라며 벌새는 다시 호수로 숲으로 쉴 새 없이 오간다. 도망가지 않고 용기를 내어 불을 끄는 벌새의 행동에 다른 동물들도 동참하기 시작한다. 하나가 둘로, 둘이 넷으로, 그리고 수십으로 늘어난다. 불길은 여전하다. 그래도 멈추지 않는 새들의 활약에 하늘마저 감동했는지 비가 쏟아지고, 산불은 마침내 꺼진다.

지금 내가 할 수 있는 일을 나 혼자라도 하는 것. 하치도리 카구라의 주인장은 혼자라도 좋으니 건강하고 맛있는 먹을거리를 만들기 위해 열심히 가게를 꾸려가고 있다. 덕분에 엄마는 아픈 와중에도 파운드케이크를 조금 입에 댈 수 있었다. 우리는 주인장의 벌새 같은 삶에 감사했다. 늘 벌새처럼 부지런했던 엄마의 모습도 잊을 수 없다. 홀로 객지에서 자신의 날개로 길을 터온 엄마의 그 작은 몸부림에 관해서.

KFC

#11

켄터키 프라이드 치킨의 닭튀김
ケンタッキーフライドチキン

엄마를 위한 칼로리 폭탄

"어머, 지금 제정신이세요? 오밤중에 사러 온 손님한테 깎아주지는 못할망정 할증료를 내라고요?"

토요일 새벽 4시에 장사를 마친 엄마는 '켄터키 프라이드 치킨'으로 향한다. 밤새 서서 일한 보상을 한 조각 닭튀김에서 찾으려 한 것이다. 혀에 착착 감기는 기름진 닭고기로 피곤한 삶에 위로를 받을 수 있다면, 집에서 기다리는 아이들에게 작은 선물이 될 수 있다면, 새벽 4시의 피곤쯤은 떨쳐버릴 수 있었다. 그런데 켄터키 프라이드 치킨은 엄마의 이런 마음을 조금도 알아주지 못한 채, 어느 날 갑자기 20퍼센트 할증료를 요구했다.

엄마가 자주 가는 켄터키 프라이드 치킨은 일본 최대의 환락가 가부키초歌舞伎町 맞은편에 있다. 발길이 끊이지 않는 곳이니 장사가 안 되어 할증료를 받을 리는 없었다.
"택시도 아니잖아요." 엄마의 목소리는 단호했지만, 할증료는 고스란히 추가되었다. 어려 보이는 점원은 "12시가 넘으면 할증료가 붙습니다. 죄송합니다. 양해를 부탁드립니다"라고 지침대로 대응할 뿐이었다. 단골에게도 예외는 없었다.
일본의 켄터키 프라이드 치킨이 할증료를 받는 이유는 적자 때문이다. 요즘에는 상대적으로 저렴하고 낱개로 구입할 수 있는 편의점의 닭튀김이 날개 돋친 듯 팔려나간다. 그래도 엄마는 꾸역꾸역 할증료가 붙은 켄터키 프라이드 치킨을 샀다. 밥 또는 토스트와 함께 어떤 때는 닭튀김만을 아침 식사로 삼았다. 엄마는 닭다리를, 나는 날개를, 동생은 몸통을 그렇게 나눠 먹었다. 새벽에 줄을 서서 켄터키 프라이드 치킨을 사 온 엄마에게 우리가 할 수 있는 작은 배려였다.

엄마가 암 선고를 받았을 때 병원에서 고단백 고열량 음식을 소개하는 책자를 주었다. 처음엔 어떤 연유인지 몰랐는데 엄마가 첫 방사선 치료를 받은 후 우리는 그 책자의 의미를 알게 되었다. 엄마는 나날이 체중이 줄었다. 원래 많지도 않은 체중이었다. 40킬로그램 초반대까지 몸무게가 내려갔다.
건강에 좋다고 알려진 것들은 대부분 열량이 낮았다. 고단백 두부와 음료수를 주문했고, 반숙 달걀도 꾸준히 삶았다. 아침마다 신선한 주스도 만들었다. 살은 빼는 것만 힘든 일이 아니었다. 찌우기도 쉽지 않았다. 그렇게 돌려놓은 몸무게가 항암 치료를 받고 나오면 금세 또 줄어들었다. 엄마의 벨트에는 구멍이 늘어갔다. 뱃살과 근육이 줄자 어깨가 굽기 시작했다. 빠지는 머리도 안타까웠지만, 점점 작아지는 엄마를 보는 것이 더 속상했다.

체중을 유지하기 위해 닭튀김을 준비했다. 집에서 튀기기도 했고, 켄터키 프라이드 치킨이나 모스 치킨을 사기도 했다. 엄마는 편의점의 눅눅한 닭튀김은 좋아하지 않았다. 다음 입원 날까지 체중을 올려놓아야 했다. '칼로리 폭탄'이 엄마를 향해 떨어지길 빌었다. 엄마를 위해서라면 20퍼센트 할증료쯤은 고맙게 받아들일 수 있었다.

켄터키 프라이드 치킨의 닭튀김을 먹다가, 엄마를 떠올린다. 모스 버거에서 햄버거를 먹다가도 문득 엄마 생각이 난다. 엄마를 생각하면 음식이 떠오르고, 하나의 음식이 떠오르면 저절로 엄마가 생각난다. 그렇게 엄마는 딸의 인생에 불쑥불쑥 나타나, 때로는 눈물을 때로는 미소를 선사한다. 신주쿠의 켄터키 프라이드 치킨 매장을 지나칠 때마다 등이 굽은 엄마가 눈에 선하다. "그래 한 입만 먹어볼게" 하며 간신히 닭튀김을 베어 물던 그 모습이.

#12

프리미어 생제르맹의 꽈배기 도넛
プリミエサンジェルマン

엄마 입의 발견

12월은 도쿄를 활보하기에 가장 좋은 시기다. 서울처럼 기온이 영하로 떨어지는 일은 거의 없지만 적당히 쌀쌀한 바람이 옷깃을 여미게 한다. 허리춤에 삐져나온 살을 외투로 감출 수 있어서 다행이다. 크리스마스 장식이 거리를 빛내고 사람들은 마치 보너스라도 받은 것 같은 표정으로 상점을 기웃거린다. 보너스를 두둑이 받지 않았으면 어떠랴. 주머니가 비어도 괜스레 설레고 누군가를 만나 고백해야 할 것만 같은 계절이다. 미열의 몽롱함이 담긴 한 해의 마지막 달이다.

무작정 나카노로 향한다. 목적지는 마루이 백화점 옆의 빵집 '프리미어 생제르맹'이다. 프리미어 생제르맹은 내가 일본에 처음 온 1992년에도 있었고, 현재도 영업 중이다. 언제 생겼는지는 모르겠지만 20년 넘게 변함없이 그 자리에서 변함없는 맛의 빵을 팔고 있다. 엄마는 이곳의 꽈배기 도넛을 사랑했다. 쫄깃쫄깃한 식감과 표면에 뿌려진 달콤한 설탕의 조화가 황홀했다.

"여기는 찹쌀을 쓰나 봐."

엄마는 한결같이 찹쌀을 썼을 거라고 이야기했다. 차진 식감이 찹쌀 같기도 했다. 나카노에 갈 때마다 생제르맹에 들러 꽈배기 도넛을 샀다. 엄마는 세 개를 집었다. 둘은 엄마 몫, 하나는 내 몫이다.

엄마는 단것을 좋아하지 않았지만, 꽈배기 도넛만큼은 양보하지 않았다. 엄마에겐 몇 가지 규칙이 있었는데 그중 하나가 '엄마 것을 넘보지 말라'였다. 엄마 침대 옆에 놓여 있던 꽈배기 도넛을 먹었다가 혼이 난 적도 있었다. 엄마가 안 먹는 줄 알았다는 변명은 통하지 않았다.

"너희가 엄마보다 오래 살 테니까 엄마가 더 좋은 거 먹고 너희는 남은 거 먹어."

외할머니 때부터 내려오는 우리 집의 규칙이다. 외할머니는 자신은 단맛이 강한 부사를 아이들에겐 홍옥을, 자신은 부드러운 복숭아를 아이들에겐 천도복숭아를 주셨다고 한다. '엄마 입도 입'이고 '엄마도 인생이 있다'는 지론을 외할머니는 엄마에게 자연스럽게 물려주셨다.

꽈배기 도넛을 볼 때마다 엄마가 만들던 간식들이 떠오른다. 기나긴 겨울밤을 위해 엄마는 홍시를 만들었다. 밤을 삶고 찐빵을 찌고 도넛을 튀겼다. 아이들을 위한 간식이기도 했고, 깊은 밤 친구도 없이 적적한 곳에서 텔레비전을 보거나 음악을 들으며 즐길 엄마의 먹을거리기도 했다.

나카노에 갈 때마다

생제르맹에 들러 꽈배기 도넛을 샀다.

엄마는 세 개를 집었다.

둘은 엄마 몫, 하나는 내 몫이다.

찐빵과 도넛은 엄마가 자주 만드는 간식이 아니어서 더 특별했다. 도넛이나 찐빵을 만들 때는 김치를 담그거나 나물을 무칠 때와는 어딘가 분위기가 달랐다. 달콤한 냄새부터 그랬다. 단순히 설탕과 버터가 빚어낸 향이 아니었다. 시간과 공을 들일 수 있는 '여유'가 만든 것이었다. 엄마가 가스레인지 앞에서 땀을 흘리며 도넛을 튀길 때 나는 무척 흡족하고 행복했다. 갓 튀긴 도넛의 뜨끈함도 마음에 들었다. 한입 베어 물면 고소한 버터 냄새가 입에서 코로 그리고 머릿속까지 전해졌다.

"엄마, 도넛에 다른 것도 넣어봐. 초콜릿 넣어서 달콤한 도넛 만들어보자." 엄마의 대답은 언제나 "안 돼"였다. 엄마는 단 한 번도 레시피와 다르게 조리하지 않았다. 도넛과 찐빵은 늘 같은 재료와 분량으로 완성되었다. 엄마는 자신이 만드는 간식에 살짝 자신이 없었던 게 아닐까. 내가 엄마가 되어보니, 손에 익은 반찬이 아닌 베이킹을 할 때는 나도 모르게 긴장하게 된다. 한껏 기대에 부풀어 초롱초롱한 눈망울로 "엄마 아직 멀었어?"를 삼 분에 한 번씩 외쳐대는 아이를 보면 저절로 그렇게 된다.

엄마는 주로 토요일 대낮에 보드라운 찐빵을 만들었다. 찜통이 들썩이고 김이 모락모락 피어오르고 달콤한 향기가 풍겨온다. 엄마 하나 나 하나 집어 들고 호호 불면서 웃던 날들이 이젠 꿈만 같다. 시간은 야속하게 흐른다. 이제는 내가 딸을 위해 쿠키를 굽는다. 엄마의 찐빵은 감히 흉내 낼 솜씨도 없고, 흉내 냈다가 오히려 추억에 흠집이 날까 봐 아예 생각도 하지 않는다.

오랜만에 신은 7센티미터 힐에 발이 아파온다. 그래도 다리가 약간은 길어진 느낌에 발걸음은 가볍다. 생제르맹에서 엄마처럼 꽈배기 도넛 세 개를 쟁반 위에 올린다. 계산대 앞에 서니 30대쯤으로 보이는 점원이 쟁반을 받아 든다.

"저희 엄마가 여기 꽈배기 도넛 팬이에요."

"고맙습니다. 저희 가게 인기 메뉴예요."

"찹쌀로 만드는 건가요? 다른 가게 도넛보다 쫄깃쫄깃해요."

"찹쌀이 아니라 통밀이에요. 보통은 식빵에 사용해요. 아주 좋은 밀이에요. 절구에 빻아서 쓰는데 그걸로 도넛을 빚어서 쫄깃한 식감이 살아 있어요."

그녀의 대답은 능숙하고 거침이 없다. 프랑스산 통밀을 쓴다고 했다. 통밀의 종은 너무나 길고 우아해 차마 외우지 못했다.

집에 돌아와 도넛을 한입 베어 문다. 예전과 다름없는 맛이다. 엄마가 없어도 그 쫄깃함과 달콤함은 여전했다. 한결같은 그 맛이 왠지 서운했다.

炭火焼肉
モンシリ

#13

몽실이의 돼지 불고기
モンシリ

엄마 힘의 원천

엄마는 고기를 무척 좋아했다. 한국에 살 때는 가든이라는 이름이 붙은 교외의 널찍한 고깃집에서 갈비를 구웠다. 돼지고기를 고추장에 매콤달콤하게 잘 버무린 신주쿠 '몽실이'의 돼지 불고기는 말할 것도 없고, 무려 60년의 전통을 자랑하는 신주쿠 산초메三丁目에 있는 '장춘관'의 소갈비도 엄마 힘의 원천이었다. 일본식 야키니쿠やきにく를 먹으러 가면 혼자 6인분 이상을 해치웠다. 그런데도 엄마는 평생 47킬로그램이었다. 원래 살이 잘 붙지 않는 체질이기도 했지만, 아이 둘을 키우며 밤새 일하다 보니 열량은 고스란히 소모되었다.

엄마는 냉장고에 늘 고기를 재워두었다. 간장으로 양념한 소불고기와 고추장으로 양념한 돼지 불고기는 언제나 냉장고 한편에서 빛을 발하고 있었다. 엄마가 없어도 아무 문제없이 도시락을 싸고 상을 차릴 수 있었던 건 엄마표 불고기와 밑반찬이 냉장고를 가득 메우고 있었기에 가능했다. 일본에서는 고기를 매우 얇게 썰어 파는데 엄마는 그게 맘에 안 들어, 늘 백화점에 가서 고기를 덩어리째 샀다. 그날은 팔이 아프도록 칼질을 했고, 두툼하게 썰어 엄마표 양념에 맛나게 버무려 맛이 밸 때까지 냉장고에 넣어두었다.

몽실이의 매콤한 돼지 불고기는 엄마표에 비하면 살짝 떨어지지만, 엄마는 엄마표 말고 다른 누군가가 만든 음식을 먹고 싶어 했다. 그럴 때면 신주쿠 하나조노 신사花園神社 근처에 있는 한국 음식점 몽실이를 찾아 고기를 굽는다.

"밥은 안 먹어도 돼. 고기를 먹어." 고깃집에 가면 엄마는 늘 같은 이야기를 했다. 가장 기름이 적고 맛있게 구워진 고기를 우리 접시 위에 올려주었다. 엄마표가 아니라 아쉬웠지만, 엄마가 구워주는 고기는 별미였다.

아이들에겐 엄마표가 제일 맛있어도 그걸 매일 만드는 엄마에게는 남이 만든 음식이 가장 먹고 싶다는 걸 이제야 깨닫는다. 아이를 낳고, 모유 수유를 하고, 이유식을 만들고, 아이 도시락을 싸면서 간절한 건 내가 직접 만들지 않은 음식이다. 누가 만들어주는 게 얼마나 먹고 싶은지 모른다. 엄마가 만들어준 음식들이 그립고 또 그립다.

같은 음식이라도 어딘가 허전함을 느낀다. 채울 수 없는 '허기'도 있다. 즐겨 먹던 음식을 다시는 만나지 못하는 날이 온다. 대부분은 그 시점이,

엄마의 부재와 겹치게 된다. 새로운 맛집을 찾기보다 엄마와의 추억이 깃든 몽실이에서 고기를 굽는다. 엄마의 매콤달콤한 돼지 불고기는 이제 어디에서도 찾을 수 없고, 고기를 구워주는 마법사 같은 손길도 사라졌다. 그렇지만 그 허한 마음을 달래줄 곳이 전혀 없는 것은 아니다. 몽실이가 있어서 다행이다. 추억이 있어서 다행이다.

モスバーガー
朝7

도쿄살이
해의 공간

ぜんば

#1

시모키타자와
下北沢

꿈꾸는 거리

일본 젊은이들이 살고 싶어 하는 동네 하면 빠지지 않는 곳이 시모키타자와다. 신주쿠에서 오다큐선을 타고 십 분이면 도착한다. 개성 있는 인테리어의 카페와 잡화점이 즐비하다. 역을 나서면 펼쳐지는 아즈마도리あずま通り 상점가도 빼놓을 수 없다. 세련되면서도 지나치게 고급스런 느낌은 아니다. 번잡하지만 조용한 주택가에 인접해 있어 상반된 분위기를 느껴보는 것도 재밌다.

시모키타자와는 연극의 거리로 유명하다. 혼다극장ホンダ劇場, 스즈나리すずなり, 역전극장駅前劇場, 오프오프 시어터オフオフシアター, 소극장 낙원小劇場楽園, 시어터 711シアター711 등 100미터 간격으로 소극장이 들어서 있다. 한국의 대학로 같은 느낌이다. 스타를 꿈꾸는 젊은이들이 첫 번째로 거쳐야 할 관문이 시모키타자와의 소극장이다.

20년 전 내게도 같은 꿈이 있었다. 고교 시절 연극부에서 활동했던 나는 대학에 들어가자마자 연극 동아리를 찾아갔다. 한국인이 연극 동아리를 찾는 일은 드물었다. 일본어에 능통하지 않은 나는 연극 동아리의 골칫덩이였다. 일본어가 부족한 대신 언제나 생글생글 웃고 다녔다. 누가 무슨 말을 해도 일단 웃음부터 지었다. 소문만복래笑門萬福來라고, 그저 웃고 다녔을 뿐인데 호감을 표시하는 사람이 많았다. 어장 관리를 한다는 소리까지 들을 정도였다.

연극 동아리 활동 덕분에 일본어 실력이 한층 늘었다. 내가 배역을 맡으면, 선배들이 알아서 대사를 녹음해주었다. 그 녹음테이프를 들으며 '도쿄' 발음을 익혔다. 일본어에 능숙해질 즈음, 나는 공리 같은 배우가 되기를 꿈꿨다. 돌아보면 부끄러운 그런 꿈 말이다. 하지만 꿈만 꿨지 적극적으로 오디션을 보러 다니지는 않았다. 그럴 용기는 없었다.

엄마는 다소 과장된 연기를 하는 연극에 흥미를 느끼지 못했다. 영화는 좋아했지만 연극은 부담스러워했다. 나는 현장에서 관객과 함께 느끼고 호흡하는 재미에 푹 빠졌지만 엄마는 아니었다.

엄마의 꿈은 모델이었다. 그것도 그냥 모델이 아니라 다리 모델. 20대 시절 엄마는 서울 거리를 활보하다 모델 에이전시의 눈에 들어, 공짜로 모델 수업을 받았다. 엄마는 가슴을 쭉 펴고 넓은 보폭으로 걸었다. 얼굴보다 다리에 자신이 있었지만, 사람들 대부분은 엄마 얼굴에 훨씬 관심이 많았다. 한 영화감독이 영화 출연을 제의하기도 했지만 엄마는 거절했다.

엄마는 다리 모델의 꿈을 결국 이루지 못했다. 대신 가게를 운영하며 우리를 키웠다. 지나간 꿈에 미련이 없지는 않았겠지만, 미련을 오래 안고 살 정도로 미련하지는 않았다.

엄마와 나는 시모키타자와 산책을 좋아했다. 소극장이 보이면 나는 무대에 서고 싶은 마음에 가슴이 두근거렸다. 엄마는 옷 가게가 나오면 발을 멈추고 꼼꼼히 살펴봤다. 꿈을 이루지 못했다고 해서 불행한 건 아니었다. 엄마와 나는 소박하게 살고 있었다. 도쿄 하늘 아래, 젊은 감각이 수놓인 시모키타자와를 함께 걷는 것만으로도 행복했다.
엄마는 엄마가 좋아하는 스타일의 옷을 구경하고, 나는 연극 전단지를 모았다. 꿈이란 꼭 그대로 이뤄지지 않더라도 어떤 형태로든 그 주변을 맴돌게 하는 힘이 있다. 나는 평생 연극 무대를 사랑할 것이고, 엄마는 아름다운 모델의 늘씬한 다리를 보면서 오래전 자신의 꿈을 떠올릴 것이다.

MOLDIVE
自家焙煎の店
モルティブ
Carlsberg
Holiday lunch

엄마와 나는 소박하게 살고 있었다.

도쿄 하늘 아래,

젊은 감각이 수놓인 시모키타자와를

함께 걷는 것만으로도 행복했다.

AND SINCERITY
COCO
FARM & WINERY
ASHIKAGA

#2

코코팜 와이너리
ココファームワイナリー

엄마의 연인

엄마와의 생활이 항상 행복하거나 만족스러운 것은 아니었다. 엄마와 딸 사이에는 미묘한 긴장감이 돌 때도 있다. 가끔 엄마가 밉고 귀찮고 답답하기도 했다.

아빠가 세상을 떠났을 때 엄마는 서른여덟이었다. 한순간에 엄마는 초등학생 아이가 둘 딸린 과부가 되었다. 미망인, 과부란 단어는 너무나 어색해서 입에 올릴 수 없었다. 엄마의 나이가 되어보니, 아줌마라고 불리기엔 너무 젊은 나이지 않았나 싶다. 일본에 와서 엄마에겐 연인이 생겼다. 그는 일본인이었지만 우리는 그를 한국어로 '아저씨'라고 불렀고, 시간이 흐르면서 고유명사로 정착했다.

요리가 취미였던 아저씨는 우리 집에 놀러오면 부엌에서 음식부터 만들었다. 가끔 내 도시락을 싸주기도 했고, 스파게티를 만들거나 직접 회를

뜨기도 했다. 그는 좋은 사람이었다. 술을 좋아하고 사람을 좋아하고 정이 많았다. 그런데 나는 그를 좋아할 수가 없었다. 그가 내게 맛있는 양파 페이스트를 만드는 비법을 전수한다며 무려 삼십 분이나 양파를 볶게 해서가 아니다.(그날 팔이 떨어지는 줄 알았다.) 설거지를 안 하고 잔 날 새벽에 깨워 설거지를 시키라고 엄마를 부추겨서도 아니다. 아빠에 대한 의리도 아니다.

그건 질투였다. 엄마를 빼앗길지 모른다는 불안감이었다. 그는 목소리가 크고 사교성이 좋은 밝은 사람이었다. 입을 쉬지 않았고 하루에도 서너 번씩 엄마한테 전화를 걸었다. 나는 그가 사교적인 사람이란 점도 왠지 마음에 들지 않았다. 우리 집에 놀러오면 배가 아프단 핑계로 방으로 숨어들었다. 그렇게 하면 엄마가 내 마음을 알아주리라 생각했다. 야속하게도 그런 날은 오지 않았다. 그 시절 그 남자도 엄마도 너무나 미웠다. 나의 고교 3년 중 절반은 미움으로 채워지지 않았을까.

미식가인 아저씨는 주말이면 차를 몰고 우리 집에 찾아와 도쿄 근방에 있는 맛집에 함께 가보자고 했다. 나는 엄마와 오붓하게 지낼 주말을 도둑맞는 것 같아 대부분은 거절했고, 엄마는 그런 내게 별다른 말도 건네지 않았다. 엄마는 내게 엄마에게도 자신의 인생이 있다고 말하는 것 같았다. 머리로는 나도 알고 있었다. 그래서 반항하지도 않았고 헤어지란 억지를 부리지도 않았다. 엄마가 행복했으면 했다. 그렇지만 마음은 늘 불편했고, 아저씨가 어서 사라지길 바라는 나쁜 마음을 품어보기도 했다.

대학 시절이었다. 가을이 무르익고 있었다. 엄마는 여전히 아저씨를 만나고 있었다. "결혼은 안 해?"라고 물으면 "내가 이 나이에 남자 속옷까지 빨아줘야겠니?" 하며 웃어넘겼다. 대학생이 되고 새로운 환경에 적응하느라 바빠지면서 나는 엄마와 아저씨의 삶에 조금 관대해졌다. 가끔 주말에 같이 식사를 해도 이전처럼 마음이 불편하지 않았다.

그해 가을 우리는 와인 농장까지 드라이브를 나갔다. 도치기栃木의 코코팜 와이너리는 1950년에 장애인 청소년과 교사가 포도밭을 일구면서 시작되었다. 이후 이곳에 장애인 학교가 생겼고, 지적 장애를 가진 사람들이 포도를 가꾸고 와인을 빚고 있다. 매년 11월 중순이면 수확제가 열린다. 포도밭에서 와인을 마실 수 있다는 말에 솔깃해 따라나섰다.

그렇지만 드라이브는 처음부터 평탄하지 않았다. 엄마는 내가 애써 준비한 CD를 운전에 방해가 된다고 틀어주지 않았다. 엄마는 어릴 때부터 그랬다. 언제 어디서든 분위기에 따라 눈치 보게 하는 엄마가 싫었다. 어릴 적 우리 집에는 삼대가 모여 살았다. 엄마는 증조할머니와 친할머니 눈치를 볼 수밖에 없는 며느리였다. 증조할머니는 첫 증손주인 나를 가장 아끼셨다. 나는 오후 4시면 증조할머니 방에 들어가 삼십 분 동안 허리를 주물러드리곤 했다. 초등학교도 들어가기 전이었다. 증조할머니를 사랑해서 한 일이었지만, 엄마의 입김도 없지 않았다.

마땅한 이야깃거리도 떠오르지 않던 그 드라이브에서 엄마는 음악을 듣는 것조차 허락하지 않았다. 내가 엄마를 위해 엄마가 좋아하던 아바ABBA의 노래를 가득 넣었던 사실을 엄마는 평생 알지 못했다.

넓은 와인 농장에 도착한 때는 오후 2시가 넘은 시각이었다. 와인을 따라놓고 포도밭에 앉아 파란 가을 하늘을 보는 재미가 쏠쏠했다. 시큼털털한 와인과 후추가 가미된 치즈가 앞다투어 내 위장을 향했다. 엄마와 나와 아저씨가 있으면 주로 말하는 사람은 아저씨였다. 나는 아저씨가 무슨 얘기를 하는지 귀 기울여 듣지 않았지만 엄마는 맞장구를 치다 웃기도 했다. 엄마가 행복했는지 아닌지 가늠할 수는 없지만 나는 엄마가 행복하길 바랐다. 엄마는 집에서 나와 둘이 있을 때처럼 편안한 얼굴로 와인 잔을 들고 있었다. 자연스럽게 와인을 마시고 자연스럽게 대화를 나누고 있었다. 나는 하늘 한 번 보고 와인 한 입 머금고, 구름 흐르듯 시간이 흐르는 것을 느끼고 있었다. 포도밭에서 와인을 마시는 사치스러운 시간을 엄마와 아저씨와 함께 보냈다.

그렇게 조금씩 엄마의 인생을
이해하기 시작했다.
엄마에게도 '삶'이 있음을,
그 삶에선 엄마가 주인공임을.

그렇게 조금씩 엄마의 인생을 이해하기 시작했다. 엄마에게도 '삶'이 있음을, 그 삶에선 엄마가 주인공임을. 그 가을날 포도밭에 드러누워 듣지 못한 아바의 노래를 흥얼거리며 나는 생각했다. 내게 아빠는 하나뿐이지만, 아빠와 비슷한 역할을 기꺼이 해주고 있는 저 아저씨를 한번 믿어보자고 말이다.

스물하고 두 살이 된 그제야 나는 비로소 엄마의 손을 놓아줄 수 있었다. 엄마의 손을 놓고 걸어갈 수 있었다.

#3

스크램블 교차로
スクランブル交差点

질서와 무질서의 향연

사람은 언제 철이 드는 것일까? 대체 '철'이란 무얼까? 혹시 계절을 말하는 건 아닐까? 열여덟 고교생 시절, 친구가 다니던 일본어 학원에 잠시 따라간 적이 있다. 한여름이었다. 8월의 오후 5시는 목이 타는 시간이었다. 친구의 일본어 교사는 냉장고에서 자바티JAVA TEA 캔을 꺼내 내밀었다. 두 여고생에게 베푸는 친절이었다. 나는 당황했다.
그때까지 내게 자바티는 냄새만 맡아도 속이 울렁이는 쓴맛의 차였다. 친구가 캔을 따고, 교사도 땄다. 덩달아 나도 땄다. 마음을 단단히 먹고 입에 대어보았다. 쓴맛은 느껴지지 않았다. 아니, 쓴맛까지 고소했다. 그날 일기장에 "어른의 맛을 알았다. 쓴맛을 즐길 줄 알게 된 느낌이랄까? 나도 어른이 되었다"고 남겼다. 쓴 차를 맛있게 마시는 비결은 두 가지였다. 되도록이면 차게 마실 것, 무엇보다도 목이 마를 것.

자바티 맛을 알았다고 철이 들지는 않았다. 그러나 한 철 넘긴 것만은 분명했다. 패스트푸드점이 아닌 일반 음식점에 혼자 가 음식을 시킬 때, 와인 바에 혼자 앉아 와인을 한 잔 주문할 때, 좋아하는 영화를 혼자 볼 때, 택시를 잡아타고 기사 아저씨에게 길을 알려줄 때, 남자 친구 집에서 머무르겠다고 엄마에게 처음 전화할 때…… 철들은 지속적으로 찾아왔고 하나를 넘길 때마다 안도의 숨을 내쉬거나 자신감을 얻었다. 한꺼번에 철드는 일은 없었다. 한 철 한 철 계절을 넘길 때마다 조금씩 어른이 되어갈 뿐이었다.

시부야 역, 충견 하치ハチ의 동상이 있는 번잡한 광장을 빠져나가면 스크램블 교차로가 있다. 좌우 그리고 대각선으로 길을 건널 수 있는 교차로이다. 어느 조사에 따르면, 신호가 한 번 바뀔 때 최대 3,000명이 동시에 길을 건너기도 한다. 엄청난 인파 사이에서 내 갈 길을 가기란 쉬운 일이 아니다. 한 연예인은 시부야 스크램블 교차로에서 자기가 원하는 방향으로 제대로 걸어갔을 때 어른이 되었다고 느꼈다 한다. 많은 일본인이 스크램블 교차로를 제대로 건넜을 때 자신이 진정한 도쿄인이 된 것 같다고 말한다.

1992년, 중학교를 졸업하고 일본에 온 내게 가장 인상 깊었던 곳도 바로 시부야 스크램블 교차로였다. 이런 복잡한 신호등을 본 적도 없을 뿐더러, 모든 차가 멈춘 후 사람들이 일제히 횡단보도로 걸어 나가는 광경에서 우주의 별 하나가 폭발하는 것 같은 엄청난 에너지가 느껴졌다. 신호가 바뀌면 누가 먼저랄 것도 없이 앞으로 발을 내딛는다. 앞에서, 옆에서, 또 뒤에서 점점 가까워지는 사람들과 주먹 하나쯤의 공간을 겨우 두고 걸으며, 자신이 가야 할 길로 움직여야 한다.

스크램블 교차로는 어찌 보면 인생을 보여주는 것이 아닐까 싶을 정도로 절묘한 공간이다. 내 갈 길로 먼저 나아가는 이가 하나의 성공을 낳는다. 단번에 건너지 못했다고 해서 너무 심각하게 받아들일 필요는 없다. 신호가 바뀌길 한 번 더 기다리면 된다. 인생에는 질러갈 때도 있고, 돌아가야 할 때도 있으며, 아예 길이 없을 때도 있다.

고교 시절엔 엄마와 109 백화점에 가기 위해 그곳을 건넜다. 엄마와 손을 잡고 걸으면 스크램블 교차로 따윈 두렵지 않았다. 걸음걸이가 빠른 엄마는 나를 앞서 걸었다. 엄마의 뒷모습을 보면서, 엄마의 발걸음을 그대로 따르는 일도 즐거웠다. 시부야를 활보하는 엄마는 젊어 보였고, 자매인 줄 알았다는 속 보이는 칭찬도 싫지 않았다. 무엇보다도 엄마와 함께 스크램블 교차로를 걸으면 든든했다.
대학생이 되어서는 영화관 시네마 라이즈에 가기 위해 그 길을 홀로 또는 연인과 함께 건넜다. 시네마 라이즈는 90년대 후반, 영화 좀 본다는 젊은이들의 아지트였다. 회사원이 되어서는 쇼핑을 하거나 데이트를 하려고 스크램블 교차로를 건넜다. 때로는 엄마와, 때로는 연인과, 때로는 혼자서.
많은 관광객이 시부야를 패션의 거리로만 알고 있지만 원래 이곳은 문화의 거리다. 역 주변에 영화관만 열 개가 넘는다. 할리우드 영화를 상영하는 영화관도 있지만, 절반은 영화관이 직접 배급한 동서양의 수준 높은 영화를 상영한다. 어디서도 쉽게 볼 수 없는 영화들을 시부야에서 만날 수 있다.

지금은 사라졌지만 전설의 재즈 바 지안 지안Jean-Jean도 시부야를 소개할 때 빼놓을 수 없는 장소였다. 일본의 카프카로 불리는 아베 고보安部公房의 극단이 80년대까지 활약하던 곳도 바로 지안 지안의 무대였다. 쟁쟁한 예술계 인사들이 매일같이 연기와 노래를 보여주던 유일한 장소다. 주말이면 엄마와 함께 지안 지안에서 재즈 라이브를 즐겼다. 원체 음악을 좋아했던 엄마는 바이올린과 콘트라베이스가 어우러진 재즈에 몸을 싣고 흥겨워했다. 내 눈엔 어느 밴드든 콘트라베이스 연주자가 가장 멋들어져 보였다. 고교생이던 나는 아름다운 선율과 악기를 켜는 모습에 푹 빠져 지냈다. 전설적인 소극장 지안 지안 자리엔 지금 커피숍이 들어섰다.

한꺼번에 철드는 일은 없었다.
한 철 한 철 계절을 넘길 때마다
조금씩 어른이 되어갈 뿐이었다.

몇 년 전에는 대형 서점 츠타야TSUTAYA가 스크램블 교차로 인근에 문을 열었다. 나는 종종 2층 스타벅스에 앉아 책 한 권 꺼내놓고 스크램블 교차로를 내려다본다. 파란 불이 들어오면 신호등 옆에 서 있던 사람들이 일시에 움직인다. 목적지는 길 건너편이 아니다. 길을 건너는 것은 더 먼 곳에 있는 자신만의 목적지를 찾아가기 위한 과정일 뿐이다.

문화의 거리에서 패션의 중심이 된 시부야, 교복에 반양말을 신고 보란 듯 활보하는 여고생들이 눈부시다.

#4

신주쿠 교엔
新宿御苑

그대의 등이 하는 말

캐나다에서 어학연수를 했던 1년 중 세 달을 호스트 패밀리와 함께 살았다. 호스트 파더는 산책을 좋아했다. 캐나다 빅토리아Victoria의 산과 숲을 누구보다도 잘 알고 있었다. 산책을 귀찮아하던 호스트 마더의 배웅을 뒤로 하고 매주 토요일이면 호스트 파더와 친구들과 함께 이 산 저 산을 올랐다. 이십여 분이면 정상에 달하는 산도 있었고, 넘어져가며 한 시간 가까이 올랐던 산도 있었다.

호스트 파더가 도쿄를 찾는다는 소식을 들었을 때, 불현듯 신주쿠 교엔에 가야겠단 생각이 스쳤다. 교엔은 일왕의 정원을 가리키는데, 일본식 정원의 정갈함이 돋보이는 곳이다. 봄이면 벚꽃이 흐드러져 사람들로 붐빈다. 신주쿠 교엔은 제2차 세계대전 후 일반인에게 공개되었고, 지금도 일왕의 정원으로 쓰여 관리가 상당히 철저하다. 아침 9시에 문을 열고 4시 30분이면 어김없이 문을 닫는다.
호스트 파더와 함께 일본 정원을 한 바퀴 돌아보았다. 연못에 걸린 작은 다리는 언제 봐도 앙증맞고 운치 있다. 호스트 파더는 자연스럽게 우리가 캐나다에서 올랐던 베어Bear 산과 정원이 아름다운 로열 로드 대학교Royal Roads University, 바다와 숲이 어우러진 수크Sooke 이야기를 꺼낸다. 신주쿠 교엔의 위엄은 캐나다의 대자연에는 미치지 못하지만, 구석구석 느껴지는 사람의 손길과 자연의 조화도 나쁘진 않다. 도쿄에선 감지덕지한 공간이다.

"넌 언제부터 글을 썼니?"
호스트 파더가 묻는다.
"아주 어릴 때부터요. 우리 집에 서재가 있어서 책이 많았어요. 처음엔 만화부터 읽었고요."
그에게 고우영, 길창덕, 신문수, 이두호, 이현세를 소개할 정도의 영어 실력은 없다.
"머리털을 뽑아 훠 하고 불면 소원이 이뤄지는 그런 만화가 있었어요. 우리 아빠가 만화를 좋아해서 서재에 만화책이 즐비했어요. 전 만화가가 되고 싶었어요."
어릴 때 나는 손바닥만 한 노트를 주머니에 넣고 다니며 재미난 이야기를 적었다. 일기가 아니었다. 남을 웃길 만한 에피소드를 생각해내곤 매일 적어나갔다. 쌍둥이 자매가 남자 친구를 바꾸어 서로를 속이는 이야기나 돌멩이며 동물들이 서로를 비꼬는 얘기들을. 순진한 얼굴을 하고 있었지만 나는 조숙했고 살짝 염세적이기까지 했으며, 재미난 일을 벌여 주목받고 싶어 했다. 글을 쓰고 싶었던 건 오로지 누군가에게 재미를 주기 위해서였다.

중학생이 되면서, 누군가에게 감동을 주고 싶다는 생각이 들었다. 그러다가 점점 나를 위해 끄적이게 되었다. 나를 위로하고, 나를 감싸 안고, 나를 반성하기 위해. 나는 매일 실수를 저질렀고 누군가에게 상처를 주었고 또 상처 받았다. 어른이 된다는 건 완벽해지는 것이 아니라, 완벽하지 않은 자기 자신과 완벽하지 않은 타인을 받아들이고 이해하는 일임을 어렴풋이 느꼈다.

나의 글을 쓰고 싶었는데, 사회생활을 시작하면서 기사를 썼다. 그건 나의 이야기가 아니었다. 입을 다물고 상대방의 이야기에 몰두했다. 그리고 그 사람의 이야기를 풀어나갔다. 매우 매혹적인 일이었지만, 때로는 나의 이야기도 해보고 싶었다. 기사 쓰는 일을 그만두고 캐나다로 날아갔다. 글을 쓰겠다고 다짐했지만, 호스트 패밀리와 함께 지내는 석 달간 나는 동네를 산책하거나 파티에서 수다를 떨었다. 시간은 손가락 사이사이로 보란 듯이 빠져나갔고, 나는 아무런 성취 없이 다시 일본에 돌아왔다.

호스트 파더는 내게 글을 쓰라고 이야기한다. 그건 참 좋은 일이며, 재미있는 일이라고 덧붙인다. "나는 참 재미없는 사람이거든." 그는 요리가 특기고, 초콜릿 케이크를 세상에서 가장 맛있게 굽는 사람이다. 평일 오전엔 박물관에서 봉사 활동을, 매주 목요일이면 집에서 영화를, 주말엔 하이킹을 즐겼다. 온화한 성격에 어울리는 평화로운 삶이었다. 호스트 파더는 자신의 은퇴 생활을 '심심하다'고 표현했지만 나는 매우 부러웠고, 우리 엄마도 그렇게 지내주길 바랐다.

거의 매년 엄마와 신주쿠 교엔으로 벚꽃놀이를 다녔다. 우리는 삼십 분도 채 안 되어 교엔을 벗어났다. 엄마는 성격이 급했다. 벚꽃을 봤으니 이제는 됐다 싶은지 바로 발길을 돌렸다. 게다가 엄마는 발걸음도 빠르다. 엄마와 걸을 때면 나는 언제나 세 살 아이처럼 두세 발 뒤처지고, 엄마는 그런 내게 빨리 오라고 손짓했다. 뭐가 그리 급했을까? 알다가도 모를 일이다.
아니, 알면서도 모르고 싶은 일이다. 엄마는 하루하루가 급했다. 벚꽃을 볼 여유도 쉽게 허락되지 않았다. 가게를 운영하면서 집안일까지 야무지게 해낸 엄마였다. 걸음이 느린데다 사람 구경 하늘 구경이 좋은 나는 엄마 등을 보며 걸었다. 그때 본 엄마의 등은 마르고 살짝 앞으로 굽어 있었다.
캐나다에서 하이킹할 때 내 앞에는 호스트 파더의 등이 있었다. 호스트 파더의 등은 내 머리에서도 한참 위에 있었다. "이건 스컹크 캐비지야. 어때, 외우기 쉽지?" 스컹크 캐비지는 호스트 파더 등에 가려 보이지 않았다. 내가 다가갔을 땐 너무 많은 풀이 있어 무엇이 스컹크 캐비지인지 구별할 수 없었다. 그래도 왠지 기분이 좋았다. 호스트 파더는 캐나다에 있는 다양한 풀과 꽃의 이름을 내게 알려주었다.

신주쿠 교엔에는 저녁 햇살을 짊어지고 걷는 이들로 가득했다. 때로는 뒷모습이 더 많은 말을 한다. 말은 입에서만 나오는 것이 아니다. 눈으로도 빚어낼 수 있고, 손으로 읊어낼 수도 있다. 가끔은 등 뒤에만 머무르는 말도 있다. 취재를 다니고 인터뷰를 하면서 나는 수많은 이의 뒷모습을 보았다. 취재를 끝내고 먼저 일어서는 사람은 기자가 아닌 취재원이다. 글을 쓴다는 것은 그의 뒷모습을 기억하고 기록하는 일이 아닐까? 누군가에게 누군가의 이야기를 들려주고 싶어서, 평범하게 살아가는 이들의 일상을 기록하고 싶어서 글을 쓴다고 나는 호스트 파더에게 굳이 이야기하지 않았다. 내가 들려주지 않은 이야기는 분명 내 등 어딘가에 들러붙어 내 등을 휘게 하고 때로는 어깨를 쭉 펴게 해줄 테니까.

#5

요요기 공원
代々木公園

기억의 저편

시각장애인 주자들이 봉사자와 함께 공원 러닝 코스를 달린다. 이치니 이치니いちに いちに. 목소리를 내는 사람은 없지만, 발이 동시에 땅으로 떨어져 리듬을 빚어낸다. 시각장애인 주자가 있다는 얘기는 들었지만 뛰는 모습은 처음 본다. 신기하게도 그들은 나란히 줄을 맞추어 뛰고 있다. 정말 앞이 보이지 않는지 의심스러울 정도로 정확하고 당당한 발걸음이다. 보폭까지 앞뒤로 딱딱 맞는다.

대학을 졸업하고 나니, 한국인을 만날 기회가 좀처럼 없었다. 사회생활을 하면서는 계속 일본어를 써야 했다. 불편하지는 않았지만 가끔은 모국어로 수다를 떨고 싶었다. 그런 날은 고교 동창생 셋이 함께 모여 요요기 공원에 돗자리를 폈다. 준비해온 배드민턴 라켓은 돗자리가 날리지 않도록 눌러주는 역할에 충실했다. 시부야와 신주쿠의 백화점 지하를

돌며 산 맛있는 간식을 늘어놓고 내내 수다를 떨었다.

"어휴, 그 부장이 말이야. 발도 마."

"왜?"

"아냐, 됐어. 좋은 주말에 딴 얘기나 하자."

좋은 주말의 딴 얘기는 '연애' 얘기밖에 없었다. 돌이켜보면 연애가 과연 좋은 주말을 빛내줄 좋은 얘기였는지는 의심스럽지만, 막 시작한 사회생활로 어두운 터널을 통과하듯 불안했던 우리에게 연애는 작은 빛을 주기에 충분한 소재였다. 당시 나는 지금의 남편과 연애하고 있었고, 친구들도 제각기 누군가와 연애 중이었다. 스물다섯도 되지 않았던 우리는 남자 친구의 전화 한 통에 세상을 가진 듯 기뻐하기도 했고 눈물 흘리며 밤을 지새우기도 했다. 그 시절에 연애는 '반짝반짝'한 화제이자, 삶의 중요한 테마였다.

요요기 공원은 1964년 도쿄 올림픽 당시 선수촌으로 사용된 후 1967년 공원으로 정비되었다. 54만 제곱미터로 도쿄에서 네 번째로 큰 공원이다. 다른 세 개의 공원이 도쿄 중심지에서 살짝 벗어난 곳에 있으니, 도쿄 중심지에서만 따지자면 가장 큰 공원이다. 주말에는 조깅을 하거나 가족과 나들이 나온 사람들로 넘쳐난다. 마땅한 공간이 없어 공원에서 연극 연습을 하는 학생들도 눈에 띈다. 남녀가 짝을 맞추어 미팅을 나온 팀도 있다.

이곳에서는 주말마다 다양한 페스티벌이 열리는데, 도쿄의 인도 음식점이 총출동하는 인도 페스티벌 외에 타이, 캄보디아 페스티벌도 있다. 4

월에는 친환경을 주제로 하는 지구의 날 페스티벌이 진행된다. 이름도 처음 들어보는 외국 요리를 한 손에 들고 요요기 공원에 자리를 잡는다. 벚꽃 핀 나무 아래 긴 돗자리를 깔고 종이 상자를 한 줄로 세운 후, 천을 씌우면 깜찍한 테이블이 완성된다. 맥주까지 있으면 더없이 좋다. 하늘은 파랗고 잔디는 포근하다. 남편과 데이트하던 시절, 요요기 공원의 페스티벌을 빠지지 않고 찾았다. 도심에서 자연을 흠뻑 누릴 수 있고, 다국적 페스티벌의 열기를 매주 맛볼 수 있으며, 모처럼의 여유를 즐길 수 있는 요요기 공원은 내겐 분명 오아시스였다.

그렇지만 엄마에겐 달랐다. 엄마는 앞날이 캄캄할 때 요요기 공원을 찾아 무작정 걸었다고 한다. 한 손에는 캔 커피를 들고 무슨 일을 하면 좋을지, 아이들은 잘 적응할지 고민했다. 엄마에게 고민이 있는지 나는 알지 못했다. 어른에겐 고민이 없는 줄 알았다. 있어도 쿨하게 넘기거나 이내 해결한다고 막연히 믿고 있었다.
"엄마, 요요기 공원에서 페스티벌 열리는데 같이 가자."
"엄마는 거기 싫어."
"요요기 공원을 싫어하는 사람도 있어?"
"엄마는 싫어."
엄마는 나와 함께 요요기 공원에 단 한 번도 가지 않았다. 그곳에 가면 일본에 온 직후에 겪었던 외로움과 괴로움이 생생하게 떠오를 것 같아서였다. 아이들과 먹고살 걱정을 했던 날들 말이다. 집에서 눈물을 보일 수 없었던 엄마는 요요기 공원의 벤치에 앉아 시간을 때웠다. 햇살은 눈부시고, 지나가는 사람들은 모두 행복해 보였다. 엄마는 어찌할 바를 몰랐다. 아이들의 버팀목이 되기 위해 무엇을 해야 할지 막막하기만 했다. 엄마가 다시는 돌아가고 싶지 않은 시절은 아빠가 떠난 그 순간이 아니라 남겨진 후, 살아남은 자의 도리를 다하리라 마음먹어야 했던 그때였다. 요요기 공원의 하늘과 풀과 나무를 보면서 엄마는 살아 있음의 아름다움과 살아 있음의 구차함을 함께 느끼고 있었다. 그래서 엄마에게 요요기 공원은 두렵고 불안한 장소였다.

같은 도쿄 하늘 아래 같은 장소지만, 엄마와 나의 기억은 이렇게도 다르다. 나는 요요기 공원의 그 널찍한 품을 엄마가 이해하지 못해 서운했다. 엄마는 내가 엄마의 속내를 알아주지 않아 섭섭했을까?

어른에겐 고민이 없는 줄 알았다.
있어도 쿨하게 넘기거나
이내 해결한다고 막연히 믿고 있었다.

요요기 공원은 늘 파란 하늘을 보여준다. 너무 파래서 눈부신, 너무 환해서 슬픔조차 못 보고 지나치는 그런 곳. 앞이 보이지 않아도 용감하게 달리는 시각장애인 주자들을 엄마도 봤을까? 그랬다면 그 짧은 인연이 엄마를 달리게 만든 것인지도 모르겠다.

BAR
ALBATROSS
Asahi

#6

신주쿠 골든가
ゴールデン街

도심 속의 오아시스

신주쿠 역 동쪽 출구로 나와 조금만 걸으면 일본 최대의 환락가 가부키초가 나온다. 가부키초를 쓱 곁눈질하고, 신주쿠 구청 쪽으로 발길을 돌린다. 구청 맞은편에 골든가가 있다. 지금은 세 평짜리 바bar가 다닥다닥 들어선 이곳에 어쩌다가 황금의 거리란 이름이 붙었는지 모르겠다. 가부키초가 주로 남성을 위한 환락가라면, 이곳은 대화를 원하는 이들이 찾는 은밀한 공간이다. 손님 대부분은 연극인, 작가, 출판사 편집자이다. 그들은 이곳에서 술 한잔을 나누며, 세상 사는 이야기를 주고받는다.

세계적인 가수 마돈나의 'JUMP' 뮤직비디오를 이곳에서 찍었을 만큼 골든가는 유명하다. 제2차 세계대전이 끝난 뒤 암시장으로 쓰였고, 이후 미군을 대상으로 하는 매춘가였다가, 1958년 매춘방지법 시행 후에 술집들이 들어서 지금과 같은 모습으로 변했다. 골든가는 1950년대부터 지금까지 변함없이 좁고 지저분하다. 그런데 그 분위기가 오히려 예술인들에게 영감을 주는 듯하다.

엄마는 원래 술을 마시지 못했다. 한 잔만 마셔도 얼굴이 빨개지고 숨이 가빠졌다. 그런 엄마가 골든가의 바 가르강튀아Gargantua에 가게 된 것은 우연한 인연 때문이다. 프랑수아 라블레François Rabelais의 소설 『가르강튀아와 팡타그뤼엘』에서 이름을 따온 가르강튀아는 1970년 도쿄 대학교 재학 중 학생운동을 했던 작가 다치바나 다카시立花隆가 학교를 중퇴하고 시작한 가게다. 이 세 평짜리 가게에 몰려든 젊은이들은 정권을 비판하고 새로운 세계를 꿈꿨다. 1970년대 골든가의 술집들은 소위 의식 있는 젊은이들이 모이는 아지트였다. 경찰을 피해 도망 온 학생들을 숨겨주는 가게도 있었다. 그 시절부터 이곳엔 글을 쓰는 사람들이 있었고, 책을 만드는 편집자들이 있었고, 연극 무대를 만드는 이들이 있었다. 글을 쓰고 싶은 사람이 여기서 술을 마시다가 좋은 편집자를 만나는 그럴듯한 인연이 생기기도 했다.

다치바나 다카시가 중동의 지중해 지역으로 여행을 떠난 뒤, 러시아어를 전공한 여학생 단코タンコ가 가게를 맡았다. 엄마와 나는 단코 아줌마가 부르는 러시아 민요를 들으러 자주 갔다. 그녀는 성량이 풍부하고 기교가 넘치는 가수였다. 엄마와 내게 '백만 송이 장미'란 곡을 알려준 것도 그녀였다. 1997년 한국에서 발표되기 10년 전에 일본에서 유행한 곡이었다. 왜인지는 모르겠지만 단코 아줌마가 그 노래를 부르면 듣는 나까지 감정이 폭발했다. 그게 어떤 감정인지는 뚜렷이 알 수 없었다. 백만

송이나 되는 장미를 당신에게 선사하겠다는 가사와 귀에 오래도록 머무르는 선율이 좋았다.

가르강튀아를 통해 골든가를 알게 된 엄마는 직접 바를 열었다. 술도 못하는 엄마였지만 우리는 먹고살아야 했고, 엄마는 가사도우미보다는 가게를 여는 쪽이 성향에 맞을 거라 생각했다. 마흔이 넘어도 엄마는 아름다웠고 무엇보다 사교적이었다. 엄마는 칵테일 만드는 법을 배웠고, 생맥주 따르는 법을 익혔다. 그렇게 시작한 가게 덕분에 우리는 대학까지 졸업했다.
파인트리. 엄마의 가게에는 처음부터 그 이름이 붙어 있었다. 엄마는 굳이 바꿀 생각을 하지 않았다. 있는 그대로 감사히 사용하기로 했다. 대여섯 명이면 가득 차는 작은 가게가 대부분인 골든가에서 스무 명은 족히 들어가는 엄마의 가게는 꽤 넓은 편이었다. 엄마는 골든가에서 가게를 운영하는 유일한 한국인이었다.

골든가는 단골손님만 받는다. 처음 오는 손님은 단골의 소개를 받고 오는 경우가 많다. 요즘은 처음 오는 손님도 받는 가게가 있지만, 작은 가게에 분위기를 흐리는 사람이 한 명이라도 있으면 장사하기가 힘들어진다. 메뉴판이 없는 가게도 흔하다. 그렇다고 바가지를 씌우진 않는다. 안주도 가지가지다. 마른안주만 내주는 곳이 있는가 하면, 손님의 요청에 따라 그날 있는 재료로 손맛 가득한 요리를 내놓는 집도 있다.
만화 『심야식당』을 들어봤는가? 심야식당 메시야めしや는 바로 골든가를

모델로 하고 있다. 만화가 아베 야로安倍夜郎는 실제로 골든가를 매우 사랑하는 사람이다. 이곳에서 그는 계란말이와 소시지 볶음을 술안주로 먹으며 수많은 사람을 관찰했으리라. 골든가에 메시야란 가게는 없지만 인간미 넘치는 분위기와 소소한 대화, 그리고 따뜻한 음식은 그대로다. 골목골목을 차지한 좁은 가게들이 작은 꼬마전등을 켜놓고 손님을 받는다. 손님들은 오늘 있었던 일을 풀어놓고, 주인은 손님의 이야기에 귀 기울여준다. 때로는 같이 웃다 울고, 싸우고, 충고하고, 멀어졌다 다시 가까워진다.

서로가 그리운 사람들이 저녁이면
하나둘 몰려드는 곳.
물 대신 술이 있고,
야자수 향기 대신 사람 냄새가 있는
도심 속의 오아시스 골든가.

운이 좋으면, 저명한 작가를 마주할 수도 있다. 트랜스젠더와 성인 영화에 출연하는 여배우를 만날지도 모른다. 이곳의 주인장들은 그들이 어떤 직업을 갖고 있든 동등하게 대하는 법을 알고 있다. 골든가에서 손님은 '사람'이다.

서로가 그리운 사람들이 저녁이면 하나둘 몰려드는 곳. 물 대신 술이 있고, 야자수 향기 대신 사람 냄새가 있는 도심 속의 오아시스 골든가는 초라하고 작은 불빛을 드리우고 오늘도 인연을 기다린다.

#7

파인트리
ぱいんつりー

엄마의 심야식당

엄마가 『심야식당』의 배경인 그 좁은 골목에 바를 열겠다고 했을 때 나는 아직 고교생이었다. 골든가가 무언지도 몰랐다. 엄마는 우리를 설득하려 하지도 않고 그저 선언했다. 술집을 열겠다는 엄마의 말에 나는 부끄러워졌다. 혹시라도 학교에 알려지면 친구들이 싫어하거나 놀리지는 않을까 두려웠다. 그 순간에도 내 걱정이 앞섰다. 엄마의 마음을 헤아리기에는 너무 어린 나이였다. 다행히 일본 사회는 직업에 대한 차별이 적은 분위기라 내가 걱정한 일들은 일어나지 않았다.

엄마는 파인트리에서 주부로 갈고닦은 요리 실력을 선보이며 김밥을 말고, 돼지고기 장조림을 조렸다. 가지런히 달걀도 넣었다. 일본에서 먹기 힘든 게장이며 삼계탕도 만들었다. 가족에게 먹이듯 재료도 싱싱하고 건강에 좋은 것만 고집했다. 파인트리는 골든가에서 한국 음식을 먹을 수 있는 유일한 가게였고, 정성 들여 만든 음식을 누구나 좋아했다. 바가 아닌 음식점 같았다. 파인트리는 엄마만의 심야식당이었다. 손님 대부분은 기자와 편집자였다. 손님들은 엄마를 '영young 상'이라고 불렀다. 엄마의 시원시원하고 밝은 모습은 그야말로 영했다.

"영 상, 그 남자가 자꾸 바람을 피워요."

"영 상, 어디 괜찮은 남자 없을까요?"

"회사 여자 상사가 괴롭혀요. 뒤에서만 욕하는 게 아니라 대놓고 왕따를 시켜요."

"일만 많고 월급은 또 얼마나 적은지 미치겠어요. 영 상, 좋은 일자리 없을까요?"

"영 상, 요즘 괜히 우울해요."

엄마는 카운슬러였다. 엄마가 길게 이야기하는 경우는 드물었다. 술 한 잔을 손님 앞에 놓아주고는 이야기에 귀 기울였다. 그러면 손님들은 스스로 답을 찾아나갔다. 엄마는 손님들 인맥으로 더 좋은 직장을 소개해주기도 했고, 때로는 중매쟁이가 됐다. 가게에 놀러 왔다가 결혼한 손님도 있다.

가게는 조금씩 자리를 잡았다. 엄마는 변함없이 이야기를 듣고 음식을 만들었다. 아침 일찍 출근하는 손님에게는 김밥을 들려 보냈다. 좋은 고기가 들어오면 양념해두었다가 단골손님에게만 가는 길에 살짝 건네주었다. 엄마는 인심이 후했다. 손님들은 배가 고파 찾아왔고, 사람이 그리워 찾아왔다. 외로운 사람은 언제 어디든지 있었다. 그들은 집에서 혼자

밥 먹기 싫을 때면 찾아와 엄마의 밥을 먹고 술 한잔 기울이다 다른 손님들과 이야기를 나눴다. 얼굴도 모르던 사람들이 함께 밥을 먹고 술을 마시며 친구가 되었다.

어느새 나도 학교가 끝나면 교복을 입은 채 달려가곤 했다. 글을 쓰고 편집하는 손님들은 내게 좋은 선생님이었다. 교과서를 펴놓고 가게에 앉아 한자 수업을 들었다. 교과서에 나오는 한자를 일본어로 읽는 법을 알려준 건 손님들이었다.

엄마는 돌아가시기 직전까지 가게를 꾸렸다. 투병 중엔 손님들이 자선 파티를 열어 병원비를 지원해주기도 했다. 엄마는 가게가 자신의 모든 것이라고 했다. 찾아온 사람들의 이야기를 듣고 위로해주고 맛있는 음식을 대접하는 일을 엄마는 좋아했다. 투병 생활을 하면서도 퇴원하면 가장 먼저 가게로 달려갔다. 헐거워진 옷에 가발을 쓰고 손님들을 맞이했다. 혹시라도 손님들 눈에 아프고 처량해 보일까 봐 평소엔 쓰지 않던 파운데이션과 립스틱도 발랐다.

먹고살기 위해 시작한 가게가 엄마에겐 두 번째 집이 되어 있었다. 저녁 8시부터 새벽 4시까지 거의 20년을 일해온 엄마의 몸에 문제가 생긴 것은 어쩌면 당연한 일인지도 모른다. 가게를 운영하며 손님들의 허기를 채워주던 엄마는 정작 하루에 한 끼밖에 먹지 못했다. 그리고 여덟 시간 내내 쉴 틈도 없이 서서 일했다. 손님이 없다고 주인이 앉아 있으면 절대로 손님이 오지 않는다고 믿었다. 엄마만의 징크스였다.

엄마의 노고는 나와 내 동생을 키우고, 손님들의 허전한 마음을 달래는

데 쓰였다. 늘 누군가의 이야기를 듣는 게 편하지만은 않았으리라. 아주 가끔이지만, 한국인이란 이유로 차별을 받기도 했다. 엄마는 요즘 말로 '감정 노동자'였다. 그리고 단 하루도 쉴 수 없었다. 엄마는 그렇게 일했고 그렇게 약해져갔다.

엄마의 작은 꿈은 돈을 조금 더 모으면 일본어 학원에 다니는 것이었다. 가게를 열고 손님에게 일본어를 배운 엄마는 정식으로 일본어를 공부하고 싶어 했다. 엄마의 학구열은 대단해서 손님들에게 일본어를 써달라고 부탁하고, 그것들을 고스란히 외웠다. 엄마의 수첩은 일본어와 영어와 한국어로 빽빽했다.

손님들은 배가 고파 찾아왔고,
사람이 그리워 찾아왔다.
외로운 사람은 언제 어디든지 있었다.

언젠가 엄마가 나이가 들면, 일본어 학원에 다니거나 노인 대학에 다니면서 손주들과 한가로운 시간을 보낼 것이라 상상했다. 상상 속에서 엄마는 "애, 심심해. 나 다시 가게 나갈래"라고 말한다. 실제로 엄마는 재발 소식을 듣기 직전, 항암제를 복용하면서도 카운터에 서서 손님을 맞았다. 늘 그랬듯 새벽 4시까지.

엄마의 모든 것이었던 그곳에서 지금은 『심야식당』의 남자 주인장처럼 따뜻한 마음을 가진 아저씨가 3일 내내 끓인 카레나 직접 바다에 나가 잡은 물고기로 손님들을 맞이하고 있다.

#8

도쿄의과대학병원
東京医科大学病院

함께라는 기적

"입천장에 뭐가 났어요. 벌써 한 달째예요."
그 한마디가 시작이었다. 대학 병원에서 조직 검사를 받았고, 의사는 암을 선고했다.
"별거 아니래. 초기 중에서도 초초초기래. 그러니까 괜찮아. 요즘 의학이 얼마나 발전했는데, 살아나는 사람이 더 많잖아."
엄마는 나 들으라고 그렇게 말했다. 아니 자기 자신을 그렇게 안심시켰다.
입안에 왜 그런 것이 생겼을까? 우리는 오래 고민했지만, 뾰족한 답을 찾기는 어려웠다. 공교롭게도 암을 선고받은 날은 아빠의 스물두 번째 기일이었다. 한 달 뒤면 엄마의 환갑이었다. 2009년 10월은 그렇게 잔인했다.
엄마는 입원해서 항암제를 복용하고 방사능 치료를 받았다. 그러고도 모자라 수술까지 했다. 수술 후엔 오른쪽 팔을 잘 움직이지 못하는 후유증을 앓았다. 온몸에서 기름이란 기름이 모조리 빠져나간 듯 엄마는 푸석푸석했다. 부드러움이 사라진 엄마의 몸을 감싸 안으면 옷만 남고 몸이 쏙 사라질 것 같았다. 서글프면서도 살짝 웃음이 나오는 상상이었다. 마술사처럼 몸이 사라진 엄마가 어딘가에서 건강한 웃음을 지으며 "내가 언제 아팠다고 그러니!" 하고 깔깔대는 상상.

마이애미 해변에서 햇살을 받으며 파라솔 아래 누워 있는 엄마를 꿈에서 여러 번 봤다. 어릴 때는 코트를 입은 엄마가 전쟁 피난민으로 나오는 꿈을 연속해서 꾸었다. 엄마는 초췌했고 식량 배급을 타려면 한참을 기다려야 했다. 왜 그런 꿈을 꾸었는지 모르겠지만, 도깨비나 귀신이 나오는 꿈보다 생생하고 무서웠다. 너무나 무섭고 엄마가 불쌍해서 잠에서 깬 후 아무에게도 고백할 수 없었다. 꿈이었는데도 엄마가 알면 많이 슬퍼할지 몰라서. 엄마가 젊고 건강한 시절엔 엄마가 힘겨워하는 꿈을 꿨는데, 엄마가 아프니 어찌 된 일인지 젊고 건강한 엄마만 꿈에 보인다. 심지어 엄마는 세련된 화이트 비키니를 입은 채 자태를 뽐내고 있다.

도쿄의과대학병원은 신주쿠 역에서 가까워 전국에서 환자들이 찾아온다. 엄마가 암을 치료한 그 병원에서 나는 첫아이를 낳았다. 산부인과 병동은 출산만 이뤄지는 곳이 아니다. 출산과 관련된 문제를 겪는 산모들도 적지 않다. 그래서 환자들은 쉽게 속내를 꺼내놓지 않는다. 산부인과 병동에 입원한 이들은 침대마다 커튼을 치고 조심스럽게 생활한다.

엄마가 입원한 구강외과 병동은 분위기가 전혀 달랐다. 커튼을 활짝 젖히고, 자신의 병을 얘기하며 소개를 대신했다. 엄마는 그곳에서 죽음을 기다리는 사람들을 보았다. 누군가는 목에, 누군가는 입천장에, 누군가는 혀 아래에 자기 자신에게서 파생했다는 암 덩어리를 달고 있었다. 발음이 새는 사람이 있었고, 물조차 넘기지 못하고 기침을 쉴 새 없이 하는 사람이 있었다. 내게는 새 생명이 탄생한 공간이 엄마에겐 죽음의 대기처였다. 산고는 기쁨으로 이어질지 몰라도, 암의 고통은 허무만을 가져올 뿐이었다.

엄마는 가끔 간호사를 붙잡고 울었다. 그러면 간호사들도 같이 눈물을 흘리며 엄마를 위로했다. 다음 날이면 엄마는 작은 선물로 그들에게 감사의 표시를 하려 했지만, 모두 웃으며 사양했다. 간호사들은 매너가 좋고 따뜻했다. 일본에서는 간병인을 따로 두지 않는다. 병원에서 외부인이 활동하는 것을 원하지 않기 때문이다. 보호자나 손님도 면회 시간에만 병원에 있을 수 있다. 보호자가 없는 시간에는 간호사가 모든 걸 대신한다. 안심하고 맡길 수 있는 병원이 있다는 사실은 가족에겐 크나큰 위로였다.
낮에는 병원 앞을 산책했다. 일본의 병원은 환자복도 따로 주지 않는다. 필요하다면 병원과 계약한 업체에 요금을 지불하고 대여할 수 있지만, 대부분은 평상복이나 잠옷을 입고 생활한다. 엄마는 편안한 옷을 입고 병원 입구에 걸터앉아 바람을 쐬었다. 마치 환자가 아닌 것처럼 그렇게 앉아 있었다.

"그만 들어가자."

"엄마는 여기가 좋아."

엄마는 바람을 좀 더 쐬고 싶다고 말했다. 엄마는 해바라기처럼 해를 보고 싶어 했다. 감기에 걸릴까 걱정해도 소용이 없었다. 엄마는 병원에서 일탈을 꿈꿨다. 주말엔 집에 보내달라고 요구했고, 빨리 퇴원시켜달라고 애원했다. 의사는 "그러면 죽어요"라고 너무나 쉽게 죽음을 입에 올렸다. 죽음을 눈앞에 둔 사람에게 말이다. 그럴 때마다 엄마는 상처 받았고, 그 상처가 극에 달하면 죽고 싶다고 말하기도 했으며, 병원이니까 안락사 정도는 시켜줄 수 있지 않냐고 악을 쓰기도 했다.

엄마의 고통을 보는 것도, 엄마의 정신이 무너지는 순간을 맞닥뜨리는 것도 모두 두려웠다. 그럼에도 견뎌야 했다. 엄마는 죽음과 싸우고 있었다. 그건 두려움과의 싸움이었다.

사람은 언젠가 죽는다. 다만 죽음을 미리 선고받은 사람과 받지 않은 사람으로 나뉠 뿐이다. 어느 날 갑자기 사고로 떠난 아빠는 후자였고, 엄마는 전자였다. 의사는 죽음을 받아들이라고 했고, 엄마는 그럴 수 없다고 했다. 엄마는 끝까지 희망을 포기하지 않겠다고 했다. 의사는 의학으로는 고칠 수 없을 거라 했다. 엄마는 현대 의학에 바람을 갖는 것이 아니라고 말했다. 의사는 엄마를 의아하게 여겼다. 엄마는 현대 의학이 아닌 또 다른 힘을 믿고 있었다. 그건 엄마 자신의 기적적인 치유력이거나, 하늘의 돌봄 같은 믿을 수 없는 무언가였다.

"호시 신이치星新一라는 작가가 있었어. 그 사람 책에 말이야, 저승사자가 나온다. 근데 그 저승사자가 좀 멍청해. 그래서 자기가 맡은 사람에게 제대로 죽음을 전하지 못하는 거야. 그래서 결국 죽어야 할 사람이 그 저승사자가 맡는 동안 계속 살아 있는 이야기거든."
"아이고, 우리 딸은 아는 것도 많네. 엄마는 네가 책 읽을 때 그렇게 기분이 좋더라."
피식 웃음이 나왔다. 엄마에게 붙은 저승사자가 번번이 실패하는 저승사자이길 바란다고 말하고 싶었는데, 얘기가 길어질수록 무슨 말을 해야 좋을지 몰랐다. 태연을 가장하는 것은 쉽지 않았다. 그렇다고 눈물을 보일 순 없었다.

"엄마 커피 한 잔 마실까?"
"응, 우유 듬뿍. 설탕도 좀 많이 넣어."
엄마와 나의 일상은 그렇게 흘러가고 있었다. 다만 우리의 배경이 병실이었을 뿐이다. 그래도 엄마는 숨 쉬고 있었고, 커피를 마시고 싶어 했다. 커피를 타면서 나는 즐거웠다. 엄마가 우리 엄마여서 고마웠다.
그 시절 우리는 도쿄의과대학병원 구강외과 병동에서 모녀로 함께 한다는 기적을 향유했다.

Racette.

#9

지유가오카
自由が丘

자유가 있는 언덕

암에 걸렸다는 사실을 알았을 때,
나는 지금 나에게 불어닥친 이 태풍이
다름 아닌 죄 때문일 것이라고 생각했다.

『최인호의 인생』 17쪽 첫째 줄을 읽고 엄마부터 떠올렸다.
"내가 무슨 죄를 지었기에……" 농담도 아니고 탄식도 아니었다. 엄마는 자신이 병에 걸린 이유를 알고 싶어 했다. 담배를 많이 피워서? 술을 마셔서? 잠을 안 자서? 스트레스를 많이 받아서? 모든 것이 원인일 수 있고 그중 어느 하나도 원인이 아닐지 모른다. 책에서는 '내 차례가 된 것'이라고 담담히 말했다.
엄마는 오래 생각했다. 자신이 무슨 죄를 지었는지 과거를 돌이키고 또 돌이켰다. 엄마는 받기보다 주길 좋아하는 따뜻한 사람이었다. 하나를 받으면 꼭 그 이상을 돌려주어야만 마음이 편한 사람이었다. 한국에서 십이지장궤양으로 병원에 입원했을 때, 엄마는 옆방의 한 청년이 수술비를 마련하지 못한 것을 보고 선뜻 도와줬다. 무사히 수술을 마친 청년은 예쁘게 꾸민 볼펜을 엄마에게 선물했다. 엄마는 일본에 온 후에도 그 볼펜을 간직하며 아름다운 청년이 선물해준 것이라고 가끔 꺼내 자랑하곤 했다. 링거 줄을 잘라 만든 그 볼펜은 수명이 다하고도 우리 집 연필꽂이에 있다가 어느 날 사라졌다. 그런 엄마를 보고 자랐기 때문에 어린 시절, 친구네 구멍가게에 가서도 빈손으로 돌아오지 않았다. 친구 엄마에게 과자를 받으면 꼭 다른 걸 하나 사서 와야 마음이 편했다.

교통 편의상 엄마와의 데이트는 대부분 신주쿠에서 이뤄졌지만 가끔 지유가오카까지 나가는 날도 있었다. 지유가오카는 구로야나기 데쓰코黒柳徹子의 자전적인 이야기를 다룬 『창가의 토토』에 등장하는 전철 학교가 있던 곳이다. '자유가 있는 언덕'을 뜻하는 지명에서 유추할 수 있듯이 이곳은 언덕을 중심으로 발전해왔다. 역에서 나와 언덕을 오르면 나오는 번화가 마리 끌레르 거리는 이름에 어울리게 프랑스 향기가 물씬 풍긴다. 여기저기 보물이 숨어 있어 어디부터 봐야 할지 난감할 정도다.

지유가오카의 잡화점에서 엄마는 주로 동전 지갑을 구입했다. 젓가락과 젓가락 받침대도 엄마가 좋아하는 소품이었다. 엄마가 물건을 고르는 기준은 첫째 한국까지 가져가기 편한 것이어야 했고, 둘째 받는 사람이 좋아하는 것이어야 했다. 엄마는 선물을 넘치도록 샀다. 이모들을 위해 조카들을 위해 친구들을 위해, 때로는 언제 어떻게 만날지 모를 미래의 인연을 위해. 택시 기사가 친절하게 대해줬을 때, 호텔 직원이 도움을 주었을 때, 친구와 함께 간 식당에서 좋은 서비스를 받았을 때 엄마는 동전 지갑이나 젓가락, 열쇠고리 같은 것을 꺼내어 선물했다.

엄마는 가보지 못했지만, 지난해 봄에 문을 연 수건 가게 이오리伊織도 엄마가 좋아했을 만한 곳이다. 보들보들한 감촉의 고운 수건들을 보았다면 엄마는 누구를 떠올렸을까? 엄마의 서랍에는 아직도 '누군가'를 위한 대여섯 장의 새 손수건이 남아 있다.

지유가오카를 걸으며 엄마는 "이 연한 노란색은 우리 막내에게 어울리겠다", "어머 이 호피 무늬는 우리 언니 스타일인데" 하며 사랑하는 사람들을 떠올렸다. 엄마는 쇼핑을 좋아했고, 본인 것보다는 선물을 고를 때가 많았다. 입이 찢어질 정도로 큰 선물은 아니었다. 요즘 사람들에게 동전 지갑이나 젓가락은 버스나 전철에 두고 내려도 그다지 아깝지 않을 물건이다. 엄마가 애써 고른 선물을 받은 사람들이 그 가치를 알아줄지 나는 늘 의문이었다. 엄마의 수고가 때론 안쓰러웠다.

정이 많아 어디를 가든 누군가를 위해 작은 것 하나라도 챙겼던 엄마가 대체 누구에게 어떤 잘못을 저질렀기에 병을 앓아야 했을까? 만일에 엄마가 잘못을 저질렀다면 병으로 갚아야 할 만큼 큰 잘못이었을까? 엄마와 나는 암이란 병을 어떻게 받아들이면 좋을까?

수술 후 엄마는 점점 쇠약해졌다. 나보다 빨랐던 걸음걸이가 점점 처지고 있었다. 지유가오카에서 쇼핑하는 것이 하늘의 별 따기보다 어려운 일이 되어버렸다. 조금만 걸어도 가쁜 숨을 내쉬었고, 물 없이는 오 분도 채 머물지 못했다. 작은 경사에도 엄마는 금세 발걸음을 멈추었다. 나는 어딜 가든 "엄마 괜찮아?"를 입에 달고 지냈다. '엄마는 착한 사람이니까 꼭 나을 거야'라는 마음속 주문도 잊지 않았다. "넌 사실은 착한 아이란다"라고 창가의 토토에게 주문을 걸어준 선생님처럼.

엄마가 애써 고른 선물을 받은 사람들이
그 가치를 알아줄지
나는 늘 의문이었다.
엄마의 수고가 때론 안쓰러웠다.

#10

집 앞 공원

세 여자의 봄날

첫아이가 아장아장 걷기 시작할 무렵, 엄마는 방사선 치료와 수술을 마치고 퇴원했다. 오전이면 함께 집 앞 공원에서 바람을 쐬었다. 꼿꼿하던 허리에 힘이 들어가지 않았고, 오 분 거리인 공원까지 가면서도 중간중간 쉬어야 할 만큼 엄마는 약해져 있었다. 그래도 아직은 걸을 수 있었다.

이곳은 공원이라는 이름이 무색한 공간이다. 미끄럼틀 하나와 스프링 달린 놀이기구가 전부다. 모래밭이 있고, 나머지는 빈 공간이다. 아이를 미끄럼틀에 앉힌다. 혼자 내려오지는 못하지만 겨드랑이 사이에 손을 끼고 태워주면 곧잘 논다. 스프링 놀이기구에 앉아서 신나게 몸을 흔들어대기도 한다.

"어머, 미끄럼틀 태워도 돼? 안 넘어져? 안 다쳐?"

아이가 태어난 후 엄마는 늘 물었다. "그래도 돼? 안 다쳐?" 엄마는 나보다 훨씬 오랫동안 엄마였으면서 도대체 무엇이 그리도 궁금한 것일까.
"왜? 엄마는 우리를 이렇게 안 키웠어?"
"모르겠어. 생각이 안 나."
서른을 훌쩍 넘긴 딸의 어린 시절을 엄마는 자세히 기억하지 못한다. 시골 목장에서 살았을 때 엄마와 나는 죽을 고비를 두 번이나 넘겼다. 한번은 본채를 두고 우사에 딸린 집에서 잤는데 불길이 번진 것이다. 다행히 어린 내가 냄새를 맡고 엄마를 깨워서 초기에 불길을 잡을 수 있었다. 소나기가 쏟아지던 날, 엄마와 과수원에서 내려오다가 번개를 맞은 적도 있다. 천둥이 치자 엄마가 우산을 던져버렸는데, 기다렸다는 듯 날아가던 우산 꼭지에 번개가 떨어졌다. 엄마의 빠른 판단이 우리를 구했다.
이런 구사일생의 에피소드를 엄마는 하나도 기억하지 못한다. 엄마가 뚜렷이 기억하는 것은, 폐렴에 걸린 내가 40도를 웃도는 고열로 일주일 동안 정신을 차리지 못했던 것과 남동생이 연탄불 위에 올라갔다가 발바닥이 다 덴 큰 화상을 입은 것뿐이다. 폐렴으로 입원했을 때 내가《보물섬》을 읽으며 훈제 오징어를 뜯었던 것을 엄마는 기억하지 못한다. 엄마의 머리에는 우리가 아팠던 일만 남아 있다.
손녀가 태어난 후에도 엄마는 같았다. 엄마는 거실의 텔레비전 받침대에 에어캡을 붙이고, 에어캡을 고정하기 위해 갈색 테이프까지 동원했다. 멋과는 거리가 먼 거실이 되어버렸지만, 엄마는 만족한 표정이었다. 남편은 엄마의 이런 행동을 이해하지 못했다. 나는 "아이가 다칠까 봐 그래. 알지?" 하면서 남편을 이해시켰다.
공원은 한적하다. 오전에는 근처 어린이집 아이들이 뛰놀고, 가까운 병

아이가 태어난 후

엄마는 늘 물었다.

"그래도 돼? 안 다쳐?"

엄마는 나보다 훨씬 오랫동안

엄마였으면서

도대체 무엇이

그리도 궁금한 것일까.

원에서 잠시 바람을 쐬러 나온 할머니 할아버지 모습도 보인다. 공원 뒤로는 간다神田 강이 흐르고 있다. 봄에 오면 벚꽃과 파릇파릇한 이파리를 뽐내는 나무에 매혹된다.
아이는 계속 걷고 엄마는 아이가 넘어질까 쉴 새 없이 따라다닌다. 엄마 손에는 물병이 들려 있다. 방사선 치료 후 안타까울 정도로 자주 목을 축이고 있다. 엄마는 속이 타들어가는 치료를 받은 것이다. 그런 엄마를 보면 마음이 착잡하다.

내가 첫아이를 가졌을 때, 엄마는 달가워하는 눈치가 아니었다. '대체 네가 왜 아이를 낳아야 하는데?' 엄마의 눈빛은 그렇게 묻고 있었다. '대학까지' 졸업한 딸이 왜 결혼을 하고 아이란 굴레에 묶이려 하는지 엄마는 이해하지 못했다. 요즘은 대학 같은 거 누구나 나온다고 말하지 않았다. 정작 아이를 낳으니 엄마는 언제 그랬냐는 듯 아이를 입히고 먹이고 감싸 안았다.
공원 벤치에 앉아 바람을 맞는다. 아이는 바람이 간지러운지 까르르 소리를 내며 웃는다. 손녀의 웃는 얼굴에 엄마의 얼굴에도 저절로 함박웃음이 걸린다. 비둘기 떼는 아이를 교묘히 피해 땅바닥을 쪼고 있다. 바람 쐬러 나온 동네 할머니들은 아이가 몇 살이냐고 묻는다. 아이를 낳고 보니, 세상엔 어린아이가 참 많을 뿐더러 아이를 보고 말을 거는 사람도 참 많다. "몇 개월이에요?" "여자예요, 남자예요?" "어린이집은 다녀요?" "말은 좀 하나요?" "언제부터 걸어요?" 대화의 시작은 이런 자질구레한 것들이다. 그렇게 물어온 사람들은 하나같이 자기 얘기를 푼다.

엄마는 슬쩍 일어설 준비를 한다. 엄마는 이런 대화를 좋아하지도 싫어하지도 않는 것 같다. 아프기 시작한 후 엄마한테는 신경 쓰이는 일이 늘었다. 가발인 게 티 나지는 않을지, 물을 마시다가 흘리지는 않을지, 너무 말라서 사람들이 불쌍하게 보지는 않을지…… 그래서 엄마는 더 빨리 일어설 준비를 한다.

우수수 떨어진 벚꽃 잎을 밟으며 아이는 신나서 비둘기 사이를 뒤뚱거린다. 아이가 갸우뚱하자 비둘기가 일제히 날갯짓을 하고, 엄마는 아이가 넘어질까 급히 아이 쪽으로 달려간다. 엄마의 가짜 단발이 살랑살랑 흔들린다. 가발 위에 쓴 흰색과 파란색의 스트라이프 모자가 봄처럼 상큼하다.

엄마가 아이를 번쩍 들어 안는다. 아이를 안을 때만 슈퍼맨 같은 힘이 솟는다. 할머니 품에 안긴 아이는 두 팔을 벌려 나를 부른다. 할머니가 된 엄마가 아이에게 속삭인다. "얘, 너는 왜 이렇게 예쁘니? 어쩜 이렇게 예쁠 수가 있니, 응? 누굴 닮아 이렇게 예쁘니?" 내가 어린아이였던 그때처럼 말이다.

#11

구세군 부스 기념 병원
救世軍ブース記念病院

커피와 음악의 나날

의사는 육 개월이라고 담담하게 말했다. 엄마의 지인들은 팩스로 다양한 치료법을 보내왔다. 비타민C 주사를 맞으면 좋대요. 세포를 배양해서 투여하는 방법도 있대요. 레이저 치료는 어떨까요? 성심성의껏 자료를 조사해 보내온 편지들은 수십 장에 달했다.

담당 의사에게 알아보니 레이저 치료는 극도로 작은 암에만 가능하단다. 비타민C는 의사에 따라 의견이 다르고 큰 효과를 얻은 예가 적어 자신은 추천하지 않는다고 말했다. 의사는 이렇다 할 답변을 하지 못하고 있었다. "세포 배양 쪽이나 요양원을 알아보세요." 그는 끝까지 냉정했다. 나는 너무 많은 말로 위로해주는 것보다 다행이라고 생각했지만 엄마는 냉정함을 섭섭해했다. 당연한 일이다. 육 개월을 선언하면서 그는 자신이 더 이상 손쓸 도리가 없다는 것에 조금도 미안해하지 않았다. 그가 미안해할 필요는 없었다. 그러나 환자 입장에서는 버려진 느낌을 받았다.

급하게 자가 세포 배양이 가능한 병원을 찾았다. 의사는 항암 치료와 병행하거나 항암 치료를 쉬는 도중에 이 시술을 받으면 좋아지는 경우가 있지만, 말기 암 환자에게는 별 도움이 될 수 없을 것이라고 정직하게 이야기했다. 어느 누구도 엄마를 살릴 수 있다고 말해주지 않았다. 그러는 순간에도 엄마의 통증은 점점 심해졌다. 고통으로 인해 앉지도 서지도 못하는 순간이 하루에도 몇 번씩 찾아왔다. 암이 기도와 식도를 눌러 식사하는 데도 지장이 왔다. 처음엔 음식 맛을 잘 느끼지 못하다 점점 식사량이 줄어들었다. 음식을 삼키려면 물을 마셔야 할 정도로 암 세포는 급격히 자라 엄마의 생명 줄을 누르고 있었다.

고통을 완화하기 위해 집 근처 구세군 부스 기념 병원(호스피스)에 입원했다. 암의 고통을 약물로 다스리는데 마지막엔 모르핀이 등장한다. 다행히도 병원은 집에서 가까웠다. 말기 암 환자를 위한 병실은 맨 위층의 널찍한 개인실이었다. 꼭대기인 6층 병실을 빠져나오면 하늘 정원도 있다. 잉어와 거북이가 사는 작은 연못까지 갖췄다. 정원은 1층에도 있었지만 멀리 나가지 못하는 사람들은 여기서 바람을 쐬었다. 떠날 준비를 해야 하는 사람을 위한 마지막 배려 같았다.

아침이면 아이를 안은 채 바나나와 채소를 갈아 만든 주스를 들고 엄마를 찾아갔다. 병실 문을 열면, 엄마는 잠들어 있을 때도 있었고 깨어 있을 때도 있었다. 엄마는 병원 밥은 맛이 없다며 한국 음식이 먹고 싶다고 했다. 한국 음식을 가져가면 맵거나 짜서 역시나 한술도 제대로 뜨지 못했다.

"엄마, 한 숟가락만 더 떠봐."

"어, 나중에."

"나중에 대체 언제?"

"나중에 먹는다니까."

먹지 못하는 엄마는 하루하루 야위어갔고, 못 본 척하는 게 내게도 엄마에게도 편한 선택이었다.

커피는 달랐다. 엄마에게는 커피가 밥이었다. 병원 생활의 유일한 즐거움이었다. 6층 라운지에는 캡슐형 커피가 비치되어 있는데 인도네시아, 과테말라, 에티오피아 등 종류도 다양했다. 엄마와 나는 남미 커피를 선호했고, 향이 달콤하고 신맛이 적은 과테말라 커피를 주로 마셨다. 100엔이면 딱 한 잔 분량이다. 그 한 잔을 두 잔으로 나누고, 우유를 듬뿍 넣는다. 점점 연해지는 커피를 보고 있으니 쓰고 진한 커피를 즐기던 건강한 시절의 엄마가 그리워진다.

커피를 타서 병실로 돌아온 후 음악을 튼다. 엄마가 녹음해둔 팝송이 흘러나온다. 달콤한 목소리의 도노번Donovan Phillip Leitch이 'Atlantis'를 부른다. 모든 것이 아틀란티스에서 기원했다고 나른하게 노래한다. 'Mellow Yellow'처럼 따라 부르기 쉬운 노래도 있다. 엄마는 "얘, 이 노래 오랜만에 듣는다"며 들릴 듯 말 듯 콧노래를 부른다. 로보Lobo의 'Me and You and a Dog Named Boo'를 엄마와 함께 따라 부른다. 누가 먼저랄 것도 없이 코끝이 찡하다. 오래된 노래들은 왜 이리 잔잔하면서도 고운 걸까? 일렉트릭 라이트 오케스트라Electric Light Orchestra의 'Midnight Blue' 같은 노래도 한여름 대낮의 더위를 식히기에 좋았다. "I see you in midnight blue (……) Loving you, I'm feeling midnight blue"를 읊조리면, 엄마의 고독을 내가 덜어줄 수 있을 것 같았다. 우유를 반 섞은 커피 한 잔과 엄마가 사랑했던 노래가 있으면 마음이 풍요로웠다.

밥 딜런Bob Dylan의 'Lay Lady Lay'가 나오면 엄마가 매번 하는 얘기가 있었다.
"밥 딜런이 뉴욕을 걸어가는데, 어떤 경찰이 불심 검문을 했대. 당신 누구냐는 질문에 '난 밥 딜런이다'라고 대답했는데, 그 젊은 경찰은 그가 누군지 몰랐다는 거야. 얘, 너무 웃기지. 어떻게 밥 딜런을 모를 수가 있니?"
"밥 딜런을 모르는 사람으로 언젠가 세상이 뒤덮이지는 않을까? 그럼 어쩌지 엄마? 그럼 너무 슬프겠다. 근데 음악이 그렇게 쉽게 죽을까? 추억이 그렇게 쉽게 물거품이 될까? 아닐 거야."
엄마는 어떤 노래가 나오든 흥겨워하며 작은 소리로 따라 불렀다. 그러다 잠이 들기도 했다. 노래에는 엄마의 젊은 시절이 고스란히 담겨 있었다. 엄마는 아바를 사랑했다. 병원에선 일부러 아바를 틀지 않았다. 가장 좋아하는 노래는 퇴원 후로 남겨두고 싶었다. 더 솔직히 말하자면, 엄마와 함께 아바의 노래를 듣다가는 언제 눈물이 날지 몰라 틀 수가 없었다. 엄마가 살아날 것이라고 믿었다. 의사는 '기적'이 아니고선 방법이 없다고 했지만, 그 '기적'이 우리 가족에게 찾아올지도 모르니 끝까지 희망을 놓지 않기로 했다. 엄마가 퇴원하면 볼륨을 한껏 올리고 아바처럼 노래하고 춤추기로 했다.

커피를 마시고 음악을 듣는 엄마의 투병 생활이 낭만적으로 들릴지도 모르겠지만, 낭만은 오래가지 않았다. 노래를 듣다가도 갑작스레 찾아온 통증에 몸을 맡겨야 했고, 견딜 수 없을 정도가 되면 다급히 간호사를 불러 모르핀 주사를 맞았다. 투여량은 나날이 늘어갔다.

몸 상태가 좋을 때는 휠체어를 타고 하늘 정원에 나가 물속에서 잘 나오지 않는 거북이를 기다렸다. 엄마는 손님이 찾아오면 병실에서 맞이하기보다 하늘 정원에서 이야기 나누길 좋아했다. 아프기 전에도 집 안에서 가만히 있기보다 외출하는 걸 즐겼던 엄마다. 정원은 한적해서 하늘을 보기에도 홀로 시간을 보내기에도 좋았다. 나는 병원을 오가며 아이를 키우고 대학원에 다니며 원고를 쓰거나 번역을 했다. 일상을 지키는 것만이 희망이었다.

'희망'. 엄마가 잘 견뎌내길 바라는 희망, 엄마의 생명이 잘 싸워주리라는 희망, 엄마의 아픔이 단 하루라도 사라지길 바라는 희망, 손녀의 기억에 할머니가 조금이라도 더 남길 바라는 희망을 일상의 일거수일투족에 투영했다. 희망은 하느님의 다른 이름이다.

심해지는 고통을 보면서 엄마의 삶이 얼마 남지 않았다는 것을 직감했다. 그래도 우리는 커피를 마시고, 음악을 틀고, 들리지도 않는 목소리로 노래를 읊조렸다. 노래는 마치 기도처럼 서로의 귀를 간질였다. 밝은 햇살로 가득한 병원의 오후는 올드 팝의 잔잔한 멜로디처럼 나른하고 환상적이었다. 그 시간은 하늘이 우리에게 준 마지막 축복이 아니었을까.

文

도쿄살이
해외 흔적

Hechima
Cologne
ヘチマコロン

#1

헤치마 코롱
ヘチマコロン

100년을 이어온 은은한 향

엄마의 분갑은 새하얀 유리 재질에 깨알 같은 점이 듬성듬성 박혀 있었다. 분갑에 달린 네 개의 금색 다리는 유난히 앙증맞았다. 뚜껑을 열면 하얀 분의 은은한 향과 함께 음악이 흘러나왔다. 화장대 아래에 있는 흰 가죽의 메이크업 박스도 호기심을 자극했다. 가로 30센티미터에 세로 20센티미터쯤 될까? 단단한 트렁크였다.
엄마가 외출하면 몰래 열어보곤 했다. 딸깍. 분갑부터 꺼내 뚜껑을 연다. 딸깍. 오르골 소리는 청아했다. 엄마의 립스틱을 살짝 발랐다가 금세 티슈로 닦아낸다. 티슈에 일부러 입술을 찍어볼 때도 있다. 가장 예쁜 모양이 나올 때까지 반복한다. 딸깍. 엄마가 방문을 여는 소리가 들린다. 후다닥 분갑부터 닫고 립스틱도 던져 넣는다. 딸깍. 메이크업 박스가 닫힌다.

나는 늘 몰래 숨어서 분갑을 열어보고 립스틱을 발랐다. 뭐가 그렇게 겁이 났는지 모른다. 왠지 들키고 싶지 않았고 들켜선 안 될 것 같았다. 내가 화장품에 손댄다는 걸 엄마는 눈치챘을 테지만 단 한 번도 혼낸 적은 없었다.
엄마의 화장은 마스카라와 립스틱만으로 간단히 끝났다. 마스카라를 바르기 전에 엄마는 스킨 뚜껑을 연다. 철제 뚜껑은 차갑고 날카롭다. 엄마는 뚜껑 입구를 속눈썹에 대고 뷰러 대용으로 사용한다. 아마 그 시절엔 뷰러가 없었나 보다. 쌍꺼풀이 진한 엄마의 눈이 한층 더 커 보인다. 여러 번 같은 동작을 반복한다. 눈썹이 올라가면 그제야 마스카라를 바르고 립스틱을 칠한다.
엄마가 화장하는 시간은 길어야 십 분이었다. 눈썹을 올리는 모습은 어린 내가 도저히 흉내 낼 수 없는 엄마만의 기술이었다. 언젠가 어른이 되면 당당하게 메이크업 박스를 물려받고 분갑도 내 것으로 만들 생각이었다. 오르골 분갑은 어른이 되었다는 징표이자 여자임을 알리는 증거였다. 그러나 나는 결국 그 분갑을 내 것으로 만들지 못했을 뿐더러, 그 후로 그런 분갑을 다시 본 적이 없다.

일본 생활은 호락호락하지 않았다. 형편이 넉넉하진 않아 실용적인 물건을 고르는 게 일본 생활의 기본이었다.
230밀리리터, 945엔. 헤치마 코롱. 엄마의 화장대에는 언제나 헤치마 코롱이 놓여 있었다. 수세미(헤치마)로 만든 스킨이다. 뚜껑을 열면 오이 비누 같은 상큼하지만 과하지 않은 향이 코를 간질인다. 주원료인 정제

수와 수세미 액에 약간의 향료와 색소를 첨가했다. 천연 재료만으로 만든 것은 아니지만 성분은 단순한 편이다. 정제수보다 수세미 액이 더 많이 함유된 헤치마 코롱 퓨어는 두 배 이상 비싸다.

수세미 액은 예로부터 피부를 곱게 가꿔준다고 전해온다. 『본초강목』을 풀어쓴 오노 란잔小野蘭山의 『본초강목계몽』은 '미인의 물'이라 적고 있다. 민간요법으로 쓰이던 수세미 액은 1915년 일본의 한 화장품 회사가 헤치마 크림을 발표하고, 이후 헤치마 코롱까지 내놓으면서 보다 대중화되었다. 이 회사는 지난 100년 동안 오로지 헤치마를 이용한 화장품만 만들어왔다. 회사 이름도 헤치마 코롱으로 바꿨다. 다른 회사들이 다양한 제품을 개발할 때, 단 하나의 원료에만 집중해왔고, 그 변함없는 자세 덕분에 오래도록 사랑받고 있다.

헤치마 코롱과 헤치마 크림은 제2차 세계대전 당시 한국에서도 판매되었다. 1930~40년대 한국에서 발행된 신문을 보면 '한 집에 한 병 미용에 만능'이란 헤치마 코롱의 광고를 쉽게 찾아볼 수 있다. 미술계의 총아로 불렸던 다케히사 유메지竹久夢二의 미인화를 광고에 활용한 것도 당시 여성들의 주목을 끄는 데 한몫했다.

100년 동안 한 가지에 집중해온 회사도 놀랍지만 20년을 헤치마 코롱만 애용해온 엄마는 더 놀랍다. 어쩌다가 헤치마 코롱이 엄마와 인연을 맺게 되었는지 모르겠지만, 가격도 부담 없고 순하기까지 해 바꿀 이유도 없었다. 대학에 들어가면서 나는 다른 화장품을 써보기도 했지만 싫증이 나면 다시 헤치마 코롱으로 돌아왔다. 엄마도 나도 헤치마 코롱에 어떤 특별한 기능이 있다고는 믿지 않았다. 저렴하면서 피부 트러블이 없다는 것, 즉 매일 넘치도록 써도 문제가 없다는 것뿐이었다.

에쿠니 가오리江國香織의 소설 『낙하하는 저녁』의 주인공 하나코華子는 모든 남자가 좋아하는 여자다. 그녀는 과하지도 않고 부족하지도 않은 '적절한' 미모와 '적절한' 성격, '적절한' 분위기를 지녔다. 왜 모든 남자가 그녀를 좋아하고 기억하는 걸까. 그녀는 한 사람만의 연인이기를 꺼렸다. 타인을 개의치 않고 자기 자리를 지키는 사람으로 묘사된다. 어떻게 보면 '살아 있음'의 거추장스러움이 없는 사람, 생기가 없는 사람 같다. 그러면서도 음침한 느낌은 없고, 오히려 건조하고 밝아 보인다.

엄마는 하나코와 닮은 면이 많다. 큰 눈에 오뚝 솟은 콧날, 입을 살짝 벌리고 환하게 웃는 엄마는 모두가 사랑하는 여인이었다. 아빠가 세상을 떠난 후 엄마는 연애를 하기도 했지만, 집착하지는 않았다. 엄마가 새로운 연애를 하던 시절에도 일기에는 아빠 이름이 수없이 등장한다. 마치 아빠에게 자신의 일과를 들려주듯.

소설 속 하나코의 몇 안 되는 소지품 중에는 헤치마 코롱이 들어 있다. 건조하면서 밝은, 태연하면서도 따뜻함을 잃지 않는 하나코다운 선택이다. 엄마가 헤치마 코롱을 만난 것도 우연만은 아닐지 모른다. 엄마는 같이 있는 이를 불편하게 하지 않는 사람이었다. 타인에 대한 배려 없이는 불가능한 일이었다. 담담히 제자리를 지키며 옅은 향을 오래도록 뿜어내는 헤치마 코롱과 엄마는 무척 닮았다. 강한 향은 거부감을 주지만, 은은한 향은 사람을 점점 다가오게 한다.

헤치마 코롱을 바른 엄마 몸에선 봄에는 싱그러운 풀 냄새가, 여름에는 상쾌한 바다 향이, 가을에는 낙엽의 향기가, 겨울에는 이른 새벽 내음이 느껴졌다. 오늘도 내 화장대를 지키고 있는 945엔의 헤치마 코롱은 엄마의 온갖 기억을 머금고 있다.

OUR LOVE IS
NEVER
CHANGING

#2

하트 펜던트

소똥 냄시의 추억

"아이, 소똥 냄시."

냄새도 아니고 냄시. 그녀는 그렇게 말했다. 부산에서 놀러 온 사촌 언니는 나와 두 살 차이로 초등학교 1학년이었다. 우사에는 여기저기 소똥이 널려 있었다. 치우고 치워도 쌓이고 또 쌓였다. 목장 주인의 딸인 내게 소똥 냄새는 별거 아니었다. 매일 맡는 냄새라 전혀 신경 쓰이지 않았다. 하지만 바닷바람만 맞고 큰 그녀에겐 중대한 문제였다.

"아이, 소똥 냄시."

하루에도 수십 번 그녀는 되뇌었다. 어른들은 그녀를 보며 웃었다. 나는 웃을 수 없었다. 소똥 냄새라니! 엄마마저 "얘, 너 왜 이렇게 웃기니? 쪼그마한 게 솔직하긴!" 하며 재미있어했다. 솔직하긴 뭐가 솔직하다는 거야? 솔직하면 다야? 지금 우리 집을 무시하는 거야?

그녀는 우리 집에 있는 내내 책 한 권도 읽지 않았다. 느지막히 일어나 어슬렁어슬렁 돌아다니다 거실에 드러누워 천장만 보면서 "이모, 여기 너무 심심해. 이모 여기서 어떻게 살아?"라고 말하기도 했다. 물론 소똥 냄시란 추임새도 빠뜨리지 않았다.

그런데도 엄마는 사촌 언니를 아꼈다. 갓 짠 우유를 데우면 우유 위에 얇은 막이 생기는데 그 막은 원래 내 차지였다. 그런데 엄마는 언니에게 양보하라고 했다. 포도와 사과도 언니 것부터 챙겼다. 엄마는 까무잡잡한 피부의 사촌 언니가 '매력적'이라고 했다. 그녀가 방학을 지내러 우리 집에 놀러온 후 나는 인형을 양보하고, 이부자리를 양보하고, 오렌지 주스 가루도 양보한 채 산과 들을 방황했다. 토끼풀로 반지와 왕관 만드는 법을 가르쳐주었지만, 그녀는 금세 싫증을 냈다. 토끼풀에서도 소똥 냄새가 나는 것 같다고 말했다. 언니도 참, 하면서 나는 웃었다. 하지만 속으론 커다란 소똥에 주저앉은 그녀를 상상하기도 했다.

나는 사촌 언니와 쉽사리 친해지지 못했다. 나 홀로 노래를 부르며 시간을 보냈다. 봄에 피는 아카시아 꽃이 얼마나 향기로운지, 그 맛은 또 얼마나 쌉싸래하면서도 달콤한지, 새하얀 배꽃은 또 얼마나 아름다운지, 바람이 불면 흔들리는 초록의 논은 또 얼마나 눈이 부신지, 가을이면 참새를 쫓기 위해 공포를 쏘아대는데 그 공포에서 나는 화약 냄새가 어떤 건지 그녀에겐 무슨 일이 있어도 알려주지 않기로 맹세했다.

그녀가 떠나기로 한 날, 나는 그녀의 가방 안에서 엄마의 목걸이를 보았다. 그것은 엄마와 아빠의 커플 펜던트였다. 엄마는 하트, 아빠는 열쇠 모양이었다. 사촌 언니는 열쇠 모양의 목걸이를 엄마에게 선물 받은 모양이었다. 어쩌다가 이런 일이 일어났는지 도통 알 수 없었다. 소똥 냄새와 작별하기 위해 짐을 챙기는 언니를 보면서, 나는 더 이상 참을 수가 없었다.
우리 집 냄새를 소똥 냄새로 치부하고, 나의 우유 막을 빼앗았으며, 내가 애써 알려준 놀이에 하품으로 대답한 그녀를 용서할 수 없었다. 일본에서 건너온, 엄마와 아빠가 연애하던 시절에 장만한 신성한 펜던트의 일부를 그녀가 가진다는 사실에 매우 상심했다. 보복을 해야 했다. 그 짧은 시간에 엄마의 사랑을 독차지한 대가를 치르게 해야 했다. 그녀의 흰색 샌들을 하나 집어 들었다. 그리고 소똥 위에 살짝 얹었다. 그토록 싫어하던 소똥과 함께 우리 집을 떠날 수 있기를 기원하며.

언니가 아직 그 펜던트를 가지고 있는지는 모르겠다. 나중에 들은 엄마 얘기론, 자매가 없는 내가 사촌 언니와 자매처럼 지내라는 의미에서 펜던트를 선물했다고 한다. 반쪽인 하트는 내 차지가 되었다. 가끔 하트 목걸이를 건다. 젊은 시절 엄마 사진 속에 걸려 있는 멋스러운 목걸이다. 엄마가 보고 싶을 때 만지작거리기도 한다.
엄마가 원했던 것처럼 지금은 사촌 언니와 자매처럼 지내고 있다. 하지만 소똥 냄새를 선물로 가져갔다는 사실을 그녀는 아직 모른다. 물론 실토할 생각도 없다.

#3

크리스마스트리

따뜻한 발자국

아이는 눈이 오기만을 기다린다.

"언제 눈 온대? 더 추워져야 오는 거야?"

자다가도 일어나 묻는다.

"엄마, 눈 왔어? 창문 좀 열어봐."

겨울은 아이의 기다림을 아는지 모르는지 기온은 연일 10도 전후를 오간다. 도쿄의 겨울은 그렇다. 눈 내리는 일이 거의 없다. 영하로 내려가는 일도 드물다. 그래도 겨울은 겨울이다. 해가 저무는 저녁 5시쯤이면 쌀쌀한 공기가 코끝을 스친다.

엄마도 눈을 사랑했다. 눈이 오면 창문을 활짝 열고, 어쩜 이렇게 세상이 조용하냐고, 하얗게 예쁘냐고 감탄하며 환한 표정을 지었다. 겨울에 태어난 엄마는 추위에 강했다. 어깨를 움츠리며 "오늘 얼마나 추운 줄 아니?" 하면서도 아이처럼 홍조를 띠었다.

겨울의 시작은 서리가 알려준다. 엄마와 아빠는 아침에 일어나면 누가 먼저랄 것도 없이 오늘은 서리가 내렸냐고 묻곤 했다. 농촌에서는 서리가 내리기 전에 모든 작물을 수확하고 출하해야 한다. 그래야 비로소, 우리 가족의 소박한 겨울이 시작된다. 우리 가족은 겨울맞이를 위해 크리스마스트리를 만들었다. 동네 밤산에 가서 나뭇가지를 주워 왔다. 주워 온 나뭇가지를 꽂꽂이하듯 꽂고, 그 나무 위에 장식들을 달았다. 돈 주고 살 수 있는 크리스마스트리가 흔하지 않던 시절이었다. 나뭇가지를 이용해 만들었지만, 높이가 60~70센티미터는 되었다. 나무가 완성되면, 엄마는 장 속에 고이 보관해두었던 금색, 은색 술과 산타며 빨간 장화, 지팡이 사탕 모양의 장식을 꺼내 왔다. 나뭇가지를 그럴듯하게 꽂는 게 엄마 일이었다면, 장식을 다는 것은 내 몫이었다.
미국 드라마나 그림책에 나오는 모습과는 좀 달랐지만 그래도 충분했다. 크리스마스가 매년 반가웠던 이유는 산타 할아버지 덕분이기도 했지만, 엄마와 둘이 하는 트리 만들기와 그 트리가 주는 아늑함이 좋았기 때문이다. 엄마의 핸드메이드 크리스마스트리에 빠뜨릴 수 없는 것은 단연 탈지면이다. 엄마 손을 잡고 쫄래쫄래 약국으로 달려가 사 온 탈지면을 손으로 뜯어 동글게 말아 트리에 장식했다. 하얀 눈처럼 포근한, 솜사탕처럼 달콤해 보이는, 아기 솜털처럼 보송보송한 탈지면을 얹으면 세상에서 가장 사랑스러운 트리가 완성되었다.
우리 집은 목장이었고, 지천에 나무들이 자라고 있었다. 트리로 쓸 만한 나무가 없었던 것도 아니다. 그렇지만 엄마는 나무 한 그루를 베어내는 오만을 범하지 않았다. 엄마는 나뭇가지를 억지로 꺾지도 않았다. 떨어진 것 중에서 예쁜 것들만 주워 모았다. 엄마를 닮아 나도 쉽게 꽃을 꺾지 않는다. 얼마 전 동네 공원에서 네 잎 클로버를 보고도 선뜻 손이 가지 않아 휴대 전화를 꺼내 들고 살짝 사진만 찍어두었다. 내가 지나간 후에 또 다른 누군가도 그 클로버를 보고 행운을 얻을 수 있기를 빌면서.

일본에 온 후 우리 가족은 더 이상 크리스마스트리를 장식하지 않았다. 삶이 빠듯해서였을까, 우리가 다 커버렸기 때문일까. 아니면 서리가 내리지 않아서인지도 모른다. 매년 오던 산타도 찾아오지 않았다. 추운 겨울날 손등이 터지면서도 나뭇가지를 주우러 다니거나, 연탄불 위에서 고구마를 굽는 일도 사라졌다. 어릴 적의 모든 경험은 고스란히 추억 속에 묻혔다. 가끔 꺼내 보는 앨범이 되었을 뿐이다.

비가 오거나 눈이 오면 발이 푹푹 빠지는 비포장 도로로 아빠가 가장 먼저 발을 내딛는다.
"내 발만 따라와."
엄마가 아빠 발자국 자리에 발을 딛는다. 아빠 발자국 위에 엄마 장화 자국이 겹친다.
"아빠랑 엄마가 밟은 자리 보이지? 거기만 밟으면 돼."
엄마는 말한다. 아빠가 먼저 밟고 엄마가 또 한 번 밟아 단단해진 발자국 안에 내 발을 포갠다. 누가 밟아준 길을 따라가면 된다는 안도감에 마음이 든든해진다. 그러다 조금 발이 벗어나면 웃음이 나온다. 누가 먼저랄 것도 없이 깔깔깔. 발자국을 만들어주는 엄마와 아빠가 있는 동안, 비가 내려도 눈이 내려도 두렵지 않았다.

크리스마스트리를 만드는 일도 없어졌고 발자국을 콕콕 찍어주던 부모님도 안 계신다. 어디를 향해 어떻게 걸어가면 좋을지 막막하다. "오늘 얼마나 추운 줄 아니?" 하며 추위에 들뜨던 엄마에게 나는 퉁명스럽게 "엄마는 추운 게 뭐가 그리 좋아?"라고 반문했다. 그래도 엄마는 마냥 좋아하며 미소 지었다. 나는 추위를 많이 탔고 겨울이 싫었다. 겨울을 유달리 좋아하는 엄마에게 가끔 짜증이 났다. 그런데 아이가 태어나니 아이에게 사계절의 추억을 만들어주고 싶다. 봄은 봄대로, 여름은 여름대로, 가을도 겨울도 그 매력과 특색을 경험할 수 있도록. 엄마 대신 언제 눈이 오는지 묻고 또 묻는 아이에게 이젠 내가 발자국을 마련해줄 차례다.

아빠가 먼저 밟고
엄마가 또 한 번 밟아
단단해진 발자국 안에 내 발을 포갠다.
누가 밟아준 길을 따라가면 된다는
안도감에 마음이 든든해진다.

우리 엄마, 엄마의 엄마, 엄마의 엄마의 엄마, 아빠, 아빠의 아빠, 아빠의 아빠의 아빠가 해왔을 역할이 돌고 돌아 내게로 왔다. 나는 어떤 발자국을 만들어줄 수 있을지 고민한다. 부디 내게 주어진 이 역할을 성실히 수행해낼 힘을 달라고 조용히 기도해본다. 아이에게 엄마의 크리스마스트리처럼 따뜻한 추억을 많이 만들어줄 수 있기를. 비가 온 후 웅덩이에 고인 물로 뛰어드는 아이를 보며 웃어주는 넓은 품을 가질 수 있기를. 아이가 독립하기까지 아이가 밟을 탄탄한 발자국을 남겨줄 수 있기를. 우리 엄마가 그랬던 것처럼 말이다.

1
SevenStars
Charcoal Filter
喫煙は、あなたにとって脳卒中の
危険性を高めます。

#4

세븐 스타
セブンスター

혼자만의 시간

증조할머니는 곰방대로 담배를 피우셨다. 하얀 한복을 차려입고 곱게 머리를 올리신 할머니의 취미는 담배뿐이었다. 남편을 먼저 보내고 세 아들과 딸 하나를 키우신 할머니의 일은 아이를 키우고 돈을 모으고 논밭을 돌보고 일꾼을 부리는 것이었다. 장독대 관리도 할머니 몫이었다. "맨 앞줄 오른쪽에서 두 번째 항아리부터 풀어라." 할머니는 그렇게 명령하셨다. 텔레비전도 보지 않으시고, 눈이 침침해 책도 읽지 못하게 되신 할머니는 담배로 속을 달래셨다.
엄마도 그랬다. 아빠가 외박하는 날, 시어머니에게 혼난 날, 엄마는 담배로 속을 달랬다. 당당하게 담배를 피울 수 있는 때가 아니었다. 엄마는 나를 앞세워 변소로 갔다. 집에 수세식 화장실이 있었지만 꼭 변소까지 걸어가야 했다. 집 뒤편의 변소를 이용하는 사람은 아무도 없었다. 그 변소는 삼대가 사는 집에서 시집살이를 하던 엄마가 혼자가 될 수 있는 유일한 공간이었다. 모든 식구가 잠든 밤, 나는 손전등을 들고 엄마 발밑을 비춘다. 전구도 없는 어두운 변소 안에서 엄마는 손전등에 의지한 채 담배 한 개비를 피웠다.

"아직 멀었어?"

"조금만 기다려."

"몇 분?"

"조금만 기다리라니까."

변소까지 가는 길에는 잡초가 무성했다. 다리 사이로 스치는 풀 때문에 기분이 좋지만은 않았다. 대낮에 묘지 근처에서 본 우물이 스친다. 우물 속에는 커다란 구렁이가 살고 있을 것 같다. 엄마를 기다리는 변소 앞에선 무서운 것들만 줄줄이 떠올랐다.

"엄마, 열까지 세면 바로 나와야 돼." 엄마는 대답하지 않았다. 변소 쪽으로 불빛을 비춰주는 일은 매번 무서웠지만 엄마와 단둘이 오밤중에 산책하는 즐거움은 쏠쏠했다. 밤하늘의 별들이 쏟아질 듯 빛났다. 엄마가 왜 한밤에만 변소를 찾아가는지 궁금했지만 묻지 않았다. 어린 마음에도 엄마의 표정이 그 어떤 질문도 원치 않는다고 느꼈다. 고작 대여섯 살이던 나는 엄마가 그곳에서 담배를 태우고 있다고는 생각지 못했다. 어른이 되어서 짐작했을 뿐이다. 엄마가 거기서 한숨 돌리고 있었단 사실을.

일본에 온 후 엄마는 더 이상 숨어서 담배를 피우지 않았다. 엄마가 담배를 피우는 모습을 처음 보았을 때, 유쾌한 기분은 아니었다. 하지만 엄마에겐 증조할머니처럼 별다른 '재미'가 없었다. 텔레비전을 보고 책을 읽고 커피를 마시고 담배를 한 대 피우는 것이 엄마의 스트레스 해소법이었다. 매일 일에 파묻혀 살던 엄마는 그 정도에 만족했고, 아무도 엄마의 '재미'를 빼앗을 권리는 없었다.

일본에서 선택한 엄마의 첫 담배는 세븐 스타였다. 하얀 바탕에 무수한 별들이 그려져 있었다. 타르 14.0밀리그램, 니코틴 1.20밀리그램의 매우 독한 담배다. 1969년 엄마가 딱 스무 살이던 시절에 태어난 담배로 일본에서 제조, 판매되는 제품이다. 고독한 분위기를 풍기는 배우 도요카와 에쓰시豊川悦司, 창던지기 선수 쇼에이照英를 모델로 쓴 것만 봐도 중년 남성을 타깃으로 한 담배임을 알 수 있다. 이런 세븐 스타에 어떤 매력을 느꼈는지는 모르겠지만 엄마는 세븐 스타를 애호했다.

엄마는 세븐 스타처럼 터프하게 나와 남동생을 위해 가게를 열고 일을 시작했다. 저녁 8시에 가게 문을 열고 새벽 4시에 문을 닫았다. 오래 서 있다 보니 온몸이 비명을 질러댔다. 자다가 다리에 쥐가 나는 일이 잦아졌다. 쥐가 난 다리를 감싸 안고 눈물이 그렁그렁한 엄마. 엄마는 그렇게 돈을 벌었고, 우리를 먹이고, 입히고, 가르쳤다.

엄마는 세븐 스타를 검지와 중지 사이에 넣고 연기를 내뿜은 후, 뜨거운 인스턴트커피를 한 모금 마신다. 40대이던 엄마는 젊고 화려했다. 그래서 안쓰럽고, 그래서 더욱 미안했다. 되도록이면 엄마의 짐을 덜어주고 싶었다. 내가 할 수 있는 일은 공부 정도였다. 밤새 일하는 엄마를 생각하면 쉽게 잠들 수 없었다.

어느새 우리는 대학을 졸업했고, 엄마는 세븐 스타를 졸업했다. 사회에 나온 후 나는 엄마에게 많이 소홀해졌다. 월급을 받으려면 바삐 움직여야 했고, 중간중간 연애도 즐겨야 했다. 엄마는 어느새 뒷전이 되어버렸다.

어느 날 문득 보았더니, 엄마 손에 길고 날씬한 담배가 들려 있었다. 피아니시모ピアニッシモ라는 담배였다. 세븐 스타와 비교하면 순한 담배로 그 이름처럼 타르며 니코틴이 10분의 1 수준이었다. 두 자녀를 대학까지 보낸 엄마는 그제야 마음을 조금 놓은 것이다.

내게 담배는 인생의 무거움을 연상시킨다. 그래서 단 한 번도 담배에 매력을 느껴보지 못했다. 암 선고 이후, 의사는 엄마에게 담배를 끊으라고 권했고, 금연 치료 병원을 찾아가 니코틴 패치와 전자 담배로 금연을 시작했다. 엄마는 유일한 취미를 빼앗긴 데 분노했다. 엄마의 마음을 어느 정도는 이해할 수 있었다. 엄마에게 담배는 단순한 기호 식품이 아니었다. 엄마의 마음을 알아주고 풀어주는 가장 가까운 친구였다. 병색이 짙어지면서 엄마는 더 이상 담배를 피우지 못했다. 흡연실까지 갈 기운을 점점 잃어서였다. 엄마가 그 독한 세븐 스타의 연기를 뿜어내던 시절이 너무나 멀게만 느껴졌다.

나는 지금도 가끔 꿈을 꾼다. 변소 앞에서 손전등을 들고 있는 어린 시절의 나를 본다. 손전등을 이리저리 비춰본다. 풀 아래쪽을 비췄다가 하늘을 향했다가 다시 엄마가 있는 변소 안을 비춘다. 엄마와 벽을 사이에 두고 있었지만, 엄마가 가까이 있다는 사실에 안도했다. 엄마는 있는 듯 없는 듯 조용히 혼자만의 짧은 시간을 만끽했고, 변소 밖에서 나는 노래를 부르거나 숫자를 세면서 엄마를 기다렸다. 엄마는 아마 그 안에서 내 목소리를 다 듣고 있었을 게 분명하다. 나는 자꾸 엄마를 부르고 엄마는 조금 기다리라고 말한다. 나는 무서우니까 빨리 나오라고 재촉한다. 엄마는 괜찮다고 엄마가 여기 있다고 말한다. "엄마가 있다"는 한 마디면 모든 근심이 사라지고 희망이 샘솟던 시절이 가슴 시리도록 그립다.

#5

노란 플랫 슈즈

인생의 무게가 남긴 것

엄마는 평상시에도 장을 많이 보는 편이라 간장, 설탕, 소금, 참기름은 언제나 여유분이 풍족했다. 가게에 가져갈 고기며 채소를 듬뿍 사니 늘 짐이 많았다. 양손에 짐을 5킬로그램씩이나 들고 걸어 다니는 엄마는 그야말로 천하장사였다. 정작 엄마 몸무게는 40킬로그램 중반 정도였는데 말이다.

짐이 많다 보니 엄마는 언제나 플랫 슈즈를 신었다. 굽이 높은 구두로는 오래 걸을 수 없을 뿐더러 양손에 든 짐의 무게를 감당할 수 없었다. 게다가 엄마의 가게는 오래된 건물의 가파른 계단을 올라야 하는 곳이었다. 저녁부터 새벽까지 줄곧 서서 요리하는 엄마에겐 플랫 슈즈가 최고였다. 이것저것 다양한 브랜드의 신발을 신어본 결과 엄마는 사야SAYA의 노란 가죽 플랫 슈즈만을 편애했다.

"운동화보다 나아. 될 수도 있을 거 같아."
물론 엄마에게는 하이힐도 있었다. 신발장을 열면 날씬한 하이힐이 한 편을 차지한다. 뱀가죽 무늬도 있고, 보드라운 양가죽도 있다. 엄마가 가게를 열기 전에 신던 신발들이다. 엄마는 맥시 원피스를 좋아했고, 그 원피스에 하이힐을 신은 엄마는 바람에 날아갈 듯 하늘하늘했다. 하이힐을 벗어버린 엄마는 신발장을 노란 플랫 슈즈로 채웠다. 운동화보다 낫다는 플랫 슈즈는 근 10년을 엄마와 함께 지냈다. 엄마는 노란 플랫 슈즈에 방수 스프레이를 뿌렸고, 먼지가 묻으면 바로 닦았다. 엄마의 신발은 언제나 새것처럼 반짝반짝했다.

노란 플랫 슈즈를 신은 엄마가 양손에 비닐봉지를 버겁게 들고 가게 계단을 오른다. 날씬한 종아리가 돋보인다. 엄마는 손에 든 재료로 무엇을 만들지 궁리한다. 감자는 갈아서 신선한 해산물을 넣은 부침개로 만들고, 돼지고기는 삶아서 초고추장에 파를 넣은 소스를 뿌릴 것이다. 무채를 버무리고, 달걀도 조릴 생각이다. 가게가 가까워지면서 엄마의 빠른 걸음은 더 빨라졌다. 양손의 무게도 다 잊어버린 듯했다. 나는 엄마 뒤를 따라 걷는다. 엄마보다 조금 가벼운 짐을 들고서.

출산하고 마땅한 신발이 없어 엄마의 노란 플랫 슈즈를 신어보았다. 발 크기가 같아 내게도 잘 맞았다. 엄마의 노란 플랫 슈즈는 여전히 광이 나고 반질반질했다. 하지만 안쪽은 오래 신어 닳고 닳아 있었다. 깔창은 찢어지고 색도 바랬다. 엄마를 말해주는 것 같았다. 겉으로는 밝고 명랑한 엄마였지만 속은 그렇게 헐어 있던 게 아니었을까. 혼자 마음고생을 하다가 생긴 상처들은 또 얼마나 될까?

엄마는 신데렐라처럼 왕비가 되지는 못했다. 여섯 남매 중 셋째로 태어나 위아래로 치이며 자랐던 엄마는 한때 결혼을 탈출구로 삼았었다. 아빠는 지방 유지의 장남이었다. 매년 잘 알지도 못하는 지역에서 집안 소유의 땅이 나왔다. 아무도 얼마나 땅을 소유하고 있는지 파악조차 못 할 정도였다. 하지만 갑작스런 아빠의 죽음으로 엄마는 유리 구두를 벗어야 했다.

억지로 벗겨진 유리 구두에 미련을 버리지 못했지만, 엄마는 이내 발에 딱 맞는 플랫 슈즈를 찾아냈다. 닳고 닳도록 걷고 일하고 때로는 어디서 힘이 나는지 폴짝 뛰기도 했다.

어떤 이들은 엄마에게 고생깨나 했겠다고 말했다. 그러면 엄마는 고개를 가로젓고 피식 웃었다. 엄마는 자신이 걸어온 삶을 사랑했고, 좁고 허름한 가게지만 그곳에서 만나는 인연들을 소중히 여겼다.

이젠 내가 엄마의 노란 플랫 슈즈를 물려받았다. 나도 엄마처럼 내 삶의 모든 순간을 사랑하는 사람이 되고 싶다.

#6

고흐

볼 때마다 뜨겁고 볼 때마다 외로운

엄마는 고흐를 사랑했다. 평소 다큐멘터리를 즐겨 보기도 했지만, 특히 고흐에 관한 방송이라면 빼놓지 않고 봤다. 엄마는 방송을 볼 때마다 "어쩜 저렇게 불쌍하니. 얼마나 외로웠겠니" 하며 안타까워했다. 최근에 고흐의 귀를 자른 것이 고갱의 소행이란 학설을 다룬 다큐를 보고는 "고갱, 이 나쁜 자식!"을 되뇌었다. 자신이 좋아하는 고흐가 스스로 귀를 잘랐을 리 없다는 믿음이 드디어 사실로 밝혀져 다행이라는 듯 안도의 숨을 쉬었다.

엄마도 한때 그림을 그렸을까? 초등학교 시절 엄마는 어떤 그림을 그렸을까? 그때 크레파스는 있었을까? 있었다면 몇 가지 색이었을까? 설마 64색은 아니었겠지? 엄마가 그림 그리기를 좋아했는지는 잘 모르겠다.

그림 그리는 엄마를 상상해본 적도 없다. 30년 이상을 같이 살았는데도 그렇다. 밥하고 빨래하고 청소하는 엄마는 당연했지만, 그림을 그리는 엄마라니 왠지 낯설었다.

도쿄에 고흐의 〈해바라기〉 진품이 있단 사실을 알게 되었다. 도고 세이지東鄉青兒 미술관. 엄마는 투병 중이었다. 미술관은 신주쿠 역 서쪽 출구에서 도보로 오 분 거리에 있다. 도고 세이지는 모노톤을 자유자재로 구사하는 일본의 미인화 화가이다. 그는 열아홉 살에 미술전을 통해 데뷔했고, 1920년대에 프랑스로 유학을 떠났다. 귀국 후 장 콕토Jean Cocteau의 『무서운 아이들』을 번역해 펴내는 등 그림뿐만 아니라 글에도 재능을 보였다.

미인화 화가여서일까? 그는 화려한 여성 편력을 자랑한다. 수많은 여성과 연애했던 이 화가는 여성을 모노톤으로 표현했다. 그림 속 그녀들은 눈동자 없이 눈 부분이 검거나 하얗게 처리되어 있는데, 바람둥이 남자라 여성의 눈을 제대로 쳐다볼 수 없었던 건 아닌지 의심된다. 어쨌거나 그는 여성들을 통해 위대한 업적을 남겼다. 평생 그림으로 주목받고, 프랑스 정부로부터 문예 훈장까지 받았던 도고 세이지와 살아 있는 동안 단 한 번도 제대로 평가받지 못한 고흐는 전혀 다른 삶을 살았다.

도고 세이지 미술관의 가장 깊은 곳에 〈해바라기〉가 걸려 있다. 어두컴컴한 방과 달리 황금 액자 안의 해바라기는 노랗게 타오르고 있다. 밝은 노란색도 아닌데 무척이나 환해 보인다. 마치 불길 같아 마음속에서 걷

잡을 수 없이 커진다. 마음이 온통 해바라기로 꿈틀거린다. 고흐의 정열이다.

엄마에게 암을 선고하고 치료하고 또 재발을 선언한 병원은 도고 세이지 미술관의 코앞에 있다. 엄마는 〈해바라기〉를 보러 가고 싶어 했지만, 오 분도 안 걸리는 그 거리를 걸어가지 못했다. 살아야겠다는 열정은 엄마의 마음속에서만 해바라기처럼 피어올랐다. 나는 병원을 나와 엄마 대신 혼자 여러 번 그림을 보러 갔다. 볼 때마다 뜨거웠고 볼 때마다 외로웠다.

도고 세이지 미술관은 비가 올 때 찾으면 왠지 더 낭만이 느껴지는 곳이다. 축축한 비와 어두운 하늘에 젖어 있다가 〈해바라기〉를 바라보면 눈은 시리고, 마음은 불타오른다. 엄마랑 손잡고 빗속을 걸어 〈해바라기〉를 꼭 한 번 보러 가고 싶었다. 하지만 그 작은 소망을 이루지 못했다.

삶에는 이룰 수 없는 것들이 훨씬 많다. 엄마와 함께하고 싶었던 것들은 사실 그렇게 복잡하거나 어려운 일들이 아니었다. 살짝만 귀찮은 것들이라 마음만 바꾸면 금세 할 수도 있었다. 그러나 번번이 바쁘거나 피곤하다는 핑계로 그 벽을 넘지 못했다. 그래서 오늘도 아쉽고 또 아쉽다.

#7

고이비토요
恋人よ

돌아오지 않을 연인

엄마는 가수 배인숙을 좋아했다. '누구라도 그러하듯이'를 듣고 또 들었다. 엄마는 LP 재킷의 배인숙처럼 화려한 파마를 하고 롱스커트에 블라우스를 입고 노래를 흥얼거렸다. 배인숙의 목소리는 맑고 곱고 단정하면서도 기교와 애교를 담고 있었다. 흐르는 듯한 멜로디도 좋았고 시적인 가사도 마음에 들었다.

아빠가 출근하면 엄마는 오늘의 LP를 몇 장 고르기 시작한다. 재생 목록은 매일 바뀌지만 첫 곡은 늘 같았다. '누구라도 그러하듯이 길을 걸으면 생각이 난다'로 엄마의 하루는 시작되었다. '헤어지는 아픔보다 처음 만난 순간들이 잔잔하게 물결이 된다'로 이어지는 이 노래는 이별의 아픔을 어쩜 이렇게 아름답게 표현했는지 모르겠다. 그래서 오히려 이별을 겪지 못한 사람이 썼거나 감성이 풍부한 10대 시절의 이별을 표현한 노래가 아닐까 하는 생각까지 든다. 엄마와 노래방에 가면 나는 무조건 이 노래를 불렀다. 어린 시절 엄마와 공유했던 시간을 추억하기 위해서다. 양희은의 '이루어질 수 없는 사랑'도 애창곡이다. 역시나 엄마의 영향이다.

엄마는 노래를 듣는 것은 매우 좋아했지만 부르는 건 꺼렸다. 자신을 음치라고 생각했다. 노래방도 좋아하지 않았는데, 어쩌다가 송년회 같은 자리에서 노래를 부르게 되면 꼭 '고이비토요(연인이여)'를 불렀다. 1980년에 이쓰와 마유미五輪真弓가 발표한 이별 노래다. 그녀의 굵은 목소리와 애절한 가사가 환상적이다.

낙엽이 떨어지는 저녁은

枯葉散る夕暮れは

내일의 추위를 이야기하며

来る日の寒さをものがたり

비에 부서진 벤치에는

雨に壊れたベンチには

사랑을 속삭이는 노래조차 없어라

愛をささやく歌もない

연인이여 옆에 있어주오

恋人よそばにいて

추위에 떨고 있는 내 옆에 있어주오

こごえる私のそばにいてよ

그리고 한마디만

そしてひとことこの別れ話が

그 이별 얘기가 농담이라고 웃어주오

冗談だよと笑ってほしい

이별을 선언한 남자에게 제발 농담이었다고 웃어달라니! 그런 농담을 일삼는 남자가 연인이라면 내가 먼저 이별을 선언해야 하지 않을까. 선뜻 이해하기 어려운 가사였지만 엄마는 이 노래를 좋아했고, 이쓰와 마유미의 넓은 이마와 동그란 두상에도 열광했다. "어쩜 저렇게 지적으로 생겼니?"라면서.

'누구라도 그러하듯이'와 '이루어질 수 없는 사랑'은 나도 좋아하고 따라 부르기도 쉽다. 그런데 '고이비토요'는 좀 다른 노래다. 처음부터 끝까지 무겁고 서글프다.

엄마의 유품에는 일기가 몇 권 섞여 있었다. 슬쩍 훑어보았더니 아빠의 이름이 수없이 나왔다.

"재연아, 나는 어쩌면 좋니?"

"재연아, 들리니?"

"재연아, 이 바보야!"

"재연아, 꿈에라도 좀 나와봐."

엄마는 몇 번이고 아빠 이름을 부르고 있었다. 한국인이라고 차별받았을 때, 자식들이 마음을 아프게 했을 때, 교사로부터 안 좋은 소리를 들었을 때, 돈이 궁할 때, 외로울 때, 섭섭할 때 엄마는 아빠 이름을 부르며 슬픔을 털어내고 있었다. 엄마는 아빠보다 두 살이 많았다. 평소엔 민정이 아빠라고 불렀다. 엄마가 아빠의 이름을 부르는 것을 일기를 통해 처음 보았다. 거기엔 생소한 엄마가 살고 있었다. 세븐 스타를 피우며 미소 짓는 강인한 엄마가 아니었다. 눈물로 밤을 지새우는 연약한 여자였다.

가게를 열고 처음 3~4년은 엄마가 참 많이 울었다. 손님들은 까다롭고 변덕스러웠다. 상처를 주는 말도 쉽게 내뱉었다. 누군가는 엄마를 한국인이라고 대놓고 차별하기도 했고, 누군가는 기분이 나쁘다고 불이 붙은 담배꽁초를 엄마에게 던지고 가기도 했다. 손님들끼리 정치 성향의 차이로 치고받고 싸우는 일도 있었다. 그런 날은 일찍 가게 문을 닫았다. 엄마를 위로하는 손님, 설거지를 해주고, 서빙을 도와주는 손님도 있었다. 엄마 가게를 찾아오는 손님 대부분은 언론계에 있는 사람이었는데, 이례적으로 여자 손님이 많은 편이었다. 파인트리는 퇴근 후 식사를 하고 한잔 걸치기에 좋은 가게였다. 석 달에 한 번 행주를 파는 행상 할머니도 다녀가셨다. 허리가 굽은 할머니는 늘 웃는 얼굴로 행주를 팔러 오셨고, 엄마는 한 번도 그냥 보내드리지 않았다. 차를 대접하고 행주를 샀다. 할머니는 행주가 떨어질 만하면 찾아오셨고, 엄마는 할머니를 기다렸다. 그렇게 조금씩 인연을 쌓아갔다.

아픈 일, 슬픈 일, 기쁜 일, 좋은 일을 엄마는 아빠에게 털어놓았다. 아빠는 아무 대답도 하지 않았지만, 엄마는 아빠의 이름을 부르고 또 불렀다.

그리고 한마디만
그 이별 얘기가 농담이라고 웃어주오

이쓰와 마유미의 가사를 다시 더듬어본다. 일상의 평범한 이별 얘기가 아니라, 죽음이 갈라놓은 이별이라면 농담이라고 웃어달라고 애원하고 싶은 마음을 충분히 이해할 수 있다. 엄마는 이 노래에서 아빠를 찾고 있었다. 결코 돌아오지 않을 연인을. 제발 당신의 죽음이 거짓이라고 말해 달라고 엄마는 외치고 있었다.
우리는 아빠 얘기를 많이 하지 않았다. 엄마에게도 내게도 서글픈 기억이었기 때문이다. 엄마의 일기장에 남겨진 아빠를 내 마음에 주워 담는다. 아빠를 부를 엄마도 이젠 없지만, 엄마와 아빠가 이 세상에 있었다는 사실을 내 마음 깊은 곳에 단단히 새기고 살아가야겠다.

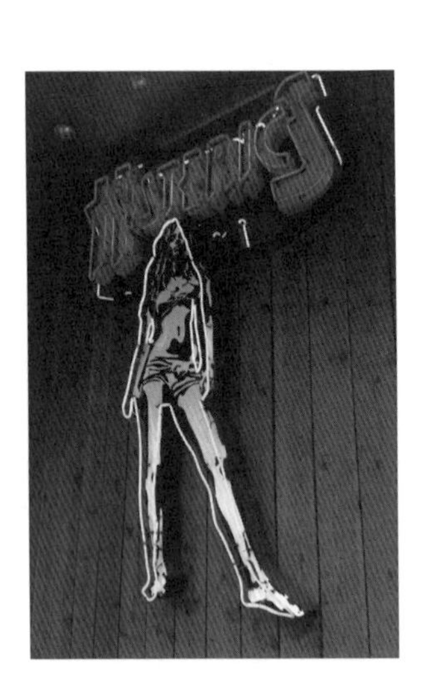

#8

히스테릭 글래머
HYSTERIC GLAMOUR

청바지가 잘 어울리는 여자

연예 잡지 기자였던 친구가 한 여배우를 인터뷰했다. 당시 40대였던 그 배우는 친구에게 "40대가 되어도 청바지와 흰 티셔츠를 소화할 수 있는 몸매를 유지하라"고 조언했다. 청바지와 흰 티셔츠가 어울리지 않는 사람도 있다니! 20대였던 시절, 우리는 그 말을 이해하지 못했다. 몸매를 꾸준히 가꾸지 않으면 맞는 청바지가 없단 사실도, 달라붙는 흰 티는 등살 때문에 엄두도 못 낸다는 사실도, 그 시절의 우리는 상상할 수 없었다. 두 아이를 낳고 운동은커녕 밥 먹을 시간도 없이 생활하다 보니, 이제야 그 말에 공감한다. 과연 나는 40대가 되어, 청바지에 흰 티셔츠를 입고 거리를 활보할 수 있을까. 마치 우리 엄마처럼 말이다.

"널 낳고, 엄마가 58킬로그램이 됐어. 외할머니가 한 끼도 거르지 않고 미역국을 끓여서 밥을 해주시는데 그걸 누워서 다 먹었더니 한 달이 지나자 청바지가 하나도 안 들어가더라."

엄마는 나를 낳고 몸조리하던 때를 회상하며 그렇게 얘기했다. 딸에겐 평소 몸무게와 별 차이 없는 58킬로그램이, 엄마에겐 이야깃거리일 정도로 엄청난 무게로 느껴진 모양이다. 그렇다. 엄마는 평생 날씬했다.

엄마는 늘 청바지를 입었는데 옷장에 있는 모든 바지가 청바지라 해도 과언이 아니었다. 엄마는 70년대에 청춘을 보냈다. 그 시절 청춘의 상징은 통기타, 청바지, 생맥주였다. 엄마의 깊은 청바지 사랑은 역사가 길다. 20대부터 무려 40년 가까이 일주일에 서너 번은 청바지를 입고 살아왔으니, 지극한 사랑이었던 것이 분명하다. 나팔바지가 디스코바지가 되고 일자바지가 되고 스키니진이 되는 그 모든 유행을 엄마는 보고 경험했다. 조다쉬에서 리바이스, 에드윈, 리까지 엄마를 거치지 않은 브랜드가 없었다.

엄마는 내가 청바지에 티셔츠를 입고 대학을 다니는 모습을 좋아했다. 원피스나 가벼운 정장을 입으면 눈살을 찌푸렸다. 마치 네게는 젊음을 누릴 권리가 있고, 그 권리는 청바지에서 시작된다고 말하는 것 같았다. 엄마는 딱히 자신이 왜 청바지를 사랑하는지 말하지 않았다. 아침에 일어나 습관적으로 커피를 마시듯, 습관적으로 청바지를 입어야만 하루가 시작되는 느낌을 받았는지도 모른다.

엄마와 나는 도쿄의 자유가 담긴 브랜드 '히스테릭 글래머'를 좋아했다.

세일 소식을 접하면 늘 바로 달려갔다. 히스테릭 글래머에서는 독특한 무늬의 청바지와 개성 있는 프린트의 티셔츠를 판매하는데, 벌거벗은 여인들의 일러스트는 살짝 민망하지만 그 자체로 훌륭한 팝아트다.

히스테릭 글래머의 전성기였던 90년대, 엄마와 나는 히스테릭 글래머를 걸치고 도쿄를 활보했다. 엄마와 나는 둘 다 160센티미터가 살짝 넘는 키에다 구두 사이즈도 같아서 옷과 구두를 서로 빌리기도 했다. 깔끔한 엄마는 청바지 무릎이 나올까 봐 일부러 서 있기도 했고, 가방은 절대로 맨바닥에 내려놓지 않았다. 가방을 바닥에 내려놓고 구두에 흙을 묻혀 오는 내게 매번 핀잔을 줬고, "이거 봐, 구두코가 긁혔잖아. 이럴 거면 다시는 신지 마"라며 엄포를 놓기도 했다.

히스테릭 글래머는 고가 브랜드라 한 달 내내 아르바이트해서 옷 몇 개 사면 동이 났지만, 우리는 폼생폼사였다. 엄마와 나는 열심히 일했고 그 대가로 좋아하는 옷을 입고 마음껏 걸었다. 도쿄 하늘 아래 마흔이 넘어도 청바지가 잘 어울리는 매력적인 엄마가 있었고, 그런 엄마를 동경하고 사랑하는 내가 있었다.

엄마가 호스피스에 있는 동안, 의사로부터 수의를 준비해두란 말을 들었다. 조금씩 준비해두는 것이 좋다고 그는 말했다. "아직 돌아가시지 않았고 우린 기적을 믿어요. 나중에 돌아가시고 준비해도 늦지 않아요"라고 대답하면서도 수의에 대한 고민을 지울 수 없었다. 요즘은 고인이 평소 즐겨 입던 옷을 수의로 준비하는 사람들이 많다고 한다. 나는 엄마가 입원하기 전에 같이 신주쿠 이세탄 백화점에서 산 옷을 꺼내두었다.

분홍 스키니진과 보라색 니트 튜닉은 엄마가 첫눈에 반한 옷이다.

엄마가 돌아가신 새벽, 간호사와 둘이 엄마에게 그 옷을 입히고, 살짝 화장을 했다. 보라색 니트에 맞춰, 은은한 연보라 아이섀도를 발라주었다. 엄마는 인형처럼 누워만 있었다. 가만히 있는 것을 가장 싫어하던 엄마였다. 눈앞에서 믿을 수 없는 일이 벌어지고 있었고, 나는 그런 엄마를 담담하게 바라보고 있었다. 엄마는 그렇게 조금씩 온기를 잃어갔다. 나는 아무 말도 할 수 없었다.

도쿄 하늘 아래 마흔이 넘어도
청바지가 잘 어울리는
매력적인 엄마가 있었고,
그런 엄마를 동경하고 사랑하는
내가 있었다.

#9

단발머리

엄마의 단발머리

엄마가 돌아가셨다.

이래도 되는 걸까…… 사람은 언젠가 죽는다. 우리 모두 그 사실을 알고 있다. 하지만, 여기서 말하는 '사람'은 나도 아니고 엄마도 아니다. 내 가족만큼은 예외다. 내 가족도 분명 사람이고 언젠가 죽음을 맞이하겠지만, 그 죽음이 우리를 비껴갈 것이라고 믿으며 우리는 살아간다. 아무런 근거도 이유도 없으면서.

엄마가 떠나던 날, 나는 엄마의 죽음을 지켜볼 수 있단 사실에 감사했고 한편으론 안도했다. 3년간의 투병 생활은 가족을 지치게 했다. 엄마는 음식을 도통 넘기지 못해 점점 야위어갔고, 한 시간에 서너 번은 아픔을 호소해 간호사를 불러 모르핀을 투여해야 했다. 몽롱한 현실이었다. 받아들이고 말고를 생각할 여유는 없었다. 엄마는 아팠고, 나는 정신없이 병원을 오가야 했다. 갓 돌을 넘긴 아이를 돌보면서 엄마의 식사를 챙기고 호스피스 병동의 의사와 의견을 나눴다. 엄마의 생명은 하루하루 사그라지고 있었다.

엄마는 그 와중에도 혼자 힘으로 화장실에 갈 수 없게 될까 봐 마음을 졸였다. 먹지 못해 일어설 힘조차 없으면서도 혼자 걸어서 화장실에 가려고 했다. 침대 아래로 발을 딛자마자 굴러떨어져 간호사에게 주의를 들은 적도 있었다. 엄마를 제대로 돌보지 못했단 이유로 간호사는 시말서를 썼다. 엄마는 그런 사람이었다. 끝까지 자기 자신을 책임지고 싶어 했다. 병색이 짙어지면서 엄마는 간신히 앉고 간신히 누웠다. 화장실에 갈 때는 부축을 받아야 했고, 그런 자신을 매우 부끄럽게 여겼다. 뜻대로 몸을 가눌 자유를 박탈당한 서글픔이 묻어났다.

엄마의 마지막 날, 짧게 자른 머리가 비로소 생소하게 느껴졌다. 내가 아는 엄마는 늘 찰랑찰랑한 단발머리였다. 파마를 해서 더 가볍게 연출한 엄마의 단발머리가 엄마를 꽉 안을 때마다 두 볼을 콕콕 찔러댔다. 그러나 그 기분 좋은 자극은 이미 사라져버렸다. 두 눈을 감은 엄마는 군인처럼 짧은 머리를 하고 무표정한 얼굴로 누워 있었다.

젊은 시절 엄마는 긴 생머리를 휘날렸다. 앞가르마를 탄 긴 생머리는 70년대에 최고로 유행했던 스타일이다. 금발 머리가 되고 싶어 맥주로 머리를 감고 잠든 탓에 머리가 샛노래진 적도 있단다. 엄마는 노랗게 물들인 긴 생머리에 얼굴을 까맣게 태우고, 밝은 색 립스틱에 통굽 구두까지 신은 채로 아빠 고향에 나타났다. 금발을 처음 본 시골 동네 할머니, 할아버지 들이 엄마를 둘러싸고 수군댔다.
“어디 미국에서 왔나 보네, 처녀는.”
“아이고 그래 얼굴도 미국 사람이네.”
“근데 한국말은 할 줄 아나 모르겠네.”
그 긴 생머리를 엄마는 결혼과 동시에 잘라버렸다. 아빠의 입김이 한몫했으리라. 연인일 때는 긴 머리를 좋아하던 아빠가 아내가 되니 머리를 자르라고 한 모양이다. 내 여자를 다른 남자가 쳐다보는 것이 싫다는 이유로. 엄마는 그때 그걸 사랑인 줄 착각했을 것이다. 물론 그 얘기를 한 아빠 역시 사랑은 그런 것이라 착각했던 것이 아닐까. 아빠가 떠난 후 엄마는 평생을 단발로 살았다. 엄마의 단발에서 돌아갈 수 없는 그 시절을 추억하는 묘한 향수가 느껴졌다.

엄마가 근 30여 년을 지속해온 그 헤어스타일을 바꾸는 순간은 불가항력적으로 찾아왔다. 항암 치료로 머리가 빠지기 시작한 것이다. 아침이면 빠진 머리를 보고 한숨짓던 엄마는 동네 미장원 아주머니를 불렀다. 아주머니는 눈물을 흘리며 엄마의 머리를 잘랐다. 아니 밀었다. 나는 엄마에게 두상도 예쁘고 얼굴형도 예쁘고 이목구비가 또렷해서 삭발도 잘 어울린다고 말했다. 위로만은 아니었다. 내게 우리 엄마는 비록 삭발일지언정 정말 아름다웠으니까.
그 삭발이 조금씩 자라 커트 머리가 되었다.
“엄마 어때?”
“짧은 머리도 어울려.”

"내가 왜 맨날 단발만 했을까? 다른 것도 좀 해볼 걸."
"엄마, 고집 센 사람이 헤어스타일을 안 바꾼대."
몸이 말을 듣지 않았기에 엄마는 미용사를 불러 머리를 다듬어달라고 부탁했고 병실에선 매일 간호사가 엄마 머리를 감겨주었다. 엄마는 머리 감는 시간을 가장 좋아했다.
눈을 감고 침대에 누운 엄마의 머리를 싹싹 빗겼다. 엄마의 가느다란 머리카락이 빗살이 오가는 방향으로 흔들린다. 짧은 머리의 엄마는 우리 엄마가 아닌 것 같이 느껴진다.

엄마의 단발에서
돌아갈 수 없는 그 시절을 추억하는
묘한 향수가 느껴졌다.

죽음은 여전히 내 일이 아닌 것 같다. 우리 엄마 일도 아닌 것 같고 우리 가족, 내 친구들 일도 아닌 것 같다. 아니었으면 좋겠다는 희망이 너무나 크기 때문인지도 모른다. 긴 생머리에서 단발로 그리고 삭발까지. 엄마의 헤어스타일은 엄마의 인생을 보여주었다.

"퇴원하면 머리 좀 다듬어야겠다. 이번엔 좀 길러볼까?"
"왜, 다시 생머리 하게?"
"나이 들어서 그러면 안 될까?"
"안 될 게 또 뭐가 있어. 엄마가 좋으면 그만이지. 엄마는 예뻐서 잘 어울릴 거야."
그렇지만 엄마에게 머리를 기를 충분한 시간은 주어지지 않았다.

#10

열쇠고리

Someday I Will Fly Away

내 평생을 엄마와 함께할 줄 알았다. 물론 착각이었다. 한편으론 막연하고 무조건적인 믿음이기도 했다. 엄마가 암 선고를 받았을 때도, 별 탈 없이 일어날 것이라 믿었다.

“흔한 게 암이라잖아. 다들 일어나는데 뭐. 엄마도 잘 해낼 거야.”

나는 엄마가 마치 감기에라도 걸린 양 별거 아니라고 대답했다. 그건 엄마에게 해주는 위로였고 내 자신을 속이기 위한 말이었다. 인생의 절반 이상을 아빠 없이 살아왔다. 그래서 내게 엄마는 엄마 이상이었다. 엄마의 병을 알게 된 후 마냥 두려웠다. 일본이란 타국에 아는 사람도 상의할 사람도 없었다. 무조건 엄마는 나을 것이라 믿었다. 아니, 그렇게 믿어야만 나을 것 같았다.

엄마가 시한부 인생을 선고받고 아픔을 호소하다 호스피스에 입원한 후에도 내 말은 달라지지 않았다. "괜찮아, 엄마. 괜찮을 거야." 그렇게 엄마를 안심시키고 나를 위로했다. 실은 더 이상 무슨 말을 하면 좋을지 알 수 없었다.

엄마가 떠난 그날 밤, 간호사는 병실 에어컨 온도를 15도 이하로 설정했다. 병실은 금세 냉장고가 되었다. 나와 동생은 두꺼운 이불을 가져가, 차디차게 식은 엄마 옆에서 하룻밤을 보냈다. 입김이 나올 정도로 추웠다.
쉽게 울지 못했다. 내게는 할 일이 남아 있었다. 장의사에게 연락해 장례식과 비용에 대해 상의해야 했고, 병실로 찾아오는 손님을 맞이해야 했고, 장례식 일정을 엄마의 지인 분들께 알려야 했다. 타국에서 홀로 장의사와 마주하는 순간은 어딘가 비현실적이었다. 서너 곳에 전화를 했고, 그중 가장 양심적으로 보이는 곳과 계약했다. 그러고 나서 병실에 있는 물건을 정리했다. 짐은 한 상자뿐이었다. 다섯 달을 지냈지만 입원과 퇴원을 반복해서였는지, 내가 틈틈이 가져가고 가져오길 반복해서였는지 의외로 짐이 없었다.
엄마 방에서 앨범을 꺼내 영정에 쓸 만한 사진을 몇 장 골랐다. 엄마는 웃고 있었다. 카메라를 향해 손을 흔드는 엄마도 있었다. 아빠가 돌아가신 후 여행이라곤 별로 해보지 못한 엄마가 오랜만에 떠난 홋카이도 여행길에서 환하게 웃고 있었다. 눈물이 쏟아졌지만, 울고만 있을 수는 없었다. 사진을 챙겨 곧바로 장의사와 의논했고, 영정 사진을 선택했다. 그러고는 성당을 찾아가 장례에 관한 이야기를 나눴고, 손님들을 위한 인사말 원고를 작성했다. 엄마는 병이 나으면 성당에 다시 다니고 싶다고 했다. 그래서 엄마가 원하던 대로 성당에서 미사를 드리는 형식으로 장례를 지냈다. 고맙게도 엄마가 일본에서 인연을 맺었던 거의 모든 분이 장례에 참석해주셨다.
그 모든 일이 끝날 때까지 나는 최대한 담담하고자 했다. 하지만 엄마의 육신이 관에 들어가 성당으로 향하던 아침, 더는 참을 수 없었다. 가지 말라고 소리쳤다. 대체 어디를 가는 거냐고, 우리는 어쩌면 좋으냐고. 한 번 터져 나온 울음을 어떻게 다스리면 좋을지 막막했다.

의연한 모습을 보이고 싶었다. 엄마가 차디차게 식은 그날부터 장례 미사가 끝나는 날까지 나는 엄마의 열쇠고리를 쥐고 있었다. 장의사와 상의할 때도, 신부님과 이야기를 나눌 때도, 냉장고가 되어버린 엄마의 병실에서 하룻밤을 지낼 때도 엄마의 열쇠고리를 손에서 놓지 않았다. 빨간 바탕에 초록 클로버가 그려진 고무로 된 열쇠고리에는 집 열쇠와 가게 열쇠만 달려 있었다. 내 열쇠 말고 엄마 열쇠로 문을 열면 엄마도 함께 들어와줄 것 같았다.
엄마의 열쇠고리가 초록과 빨강의 화려한 색상이란 건 알고 있었지만, 글귀가 적혀 있단 사실은 엄마가 떠나고 알았다. 'Someday I Will Fly Away.' 엄마는 자신의 죽음을 예상하고 있던 것일까. 왜 하필이면 이런 문구가 적힌 열쇠고리가 엄마 손에 들어온 것일까. 우연치고는 기묘했다.

신주쿠 역 서쪽 출구에 있는 열쇠 가게는 엄마가 자주 가는 곳이었다. 귀여운 열쇠고리를 누군가에게 선물하기도 했고, 기분 전환을 위해 자신의 열쇠고리를 바꾸기도 했다. 세 달에 한 번쯤 열쇠고리를 바꿨는데 이것이 엄마의 마지막 열쇠고리가 되리라곤 생각하지 못했다. 엄마는 어디로 날아가려 했던 것일까? 엄마도 모르는 사이 엄마의 영혼이 어디론가 훌쩍 떠나버리고 싶어 했던 것일까?

엄마는 오랜 시간을 혼자 견뎌왔다. 두 아이를 키우고 밤마다 여덟 시간이 넘게 서서 일했다. 양손에 찬거리를 들고 버스로 출퇴근했다. 회사며 학교가 주말 이틀을 쉬어도 엄마 가게는 일요일 하루만 쉴 뿐이었다. 잠은 늘 부족했고 식사는 하루 한 끼만 간신히 때웠다. 엄마의 몸은 그렇게 조금씩 망가졌다.

그 모든 일이 끝날 때까지
나는 최대한 담담하고자 했다.
하지만 엄마의 육신이 관에 들어가
성당으로 향하던 아침,
더는 참을 수 없었다.

엄마는 조금 쉬고 싶었던 건지도 모른다. 살짝 날아가고 싶었던 건지도 모른다. 영영이 아니라 잠시만 말이다. 한국에 다녀오거나 하와이에 가는 비행기에 오르고 싶었던 건지도 모른다. 하느님이 착각을 해서 엄마를 더 멀리 가는 배에 실어버린 건 아닐까.

때때로 엄마의 열쇠고리를 꺼내서 본다. 그리고 그 열쇠고리에 적힌 문구를 왜 단 한 번도 자세히 보지 못했는지 생각한다.
"이거 예쁘지?"라고 묻는 엄마에게 나는 건성으로 대답했다. 눈길도 주지 않고 "응" 하고 말았다. 엄마의 열쇠고리를 내 손으로 건네받고 정말 예쁘다고 말했다면, 그랬다면 나는 그 문구를 발견했을까? 엄마에게 "여행이라도 가고 싶구나"라고 이야기할 기회를 놓치지 않았을까?
엄마는 지금쯤 어느 하늘을 날고 있을까?

도쿄살이
해외 여행

#1

나스
那須

메마른 땅에 돋아난 이파리

가끔 엄마는 흙 좀 밟고 싶다고 했다. 포장되지 않은 길, 비가 오면 발이 푹푹 빠지고 건조하면 먼지가 뿌옇게 이는, 그런 길이 나도 그리웠다. 우리는 아스팔트 위에 살고 있었다. 비가 와도 발이 빠지지 않고, 건조해도 먼지가 일지 않았다. 가끔 땅이 걱정되었다. 햇빛을 받지 못하는 아스팔트 아래 땅이 과연 건강할까. 얼마만큼 걸으면 아스팔트의 끝을 만날 수 있을까. 흙을 밟고 싶을 때면 엄마는 집 앞 공원으로 나갔다. 땅을 밟고 있으면 마음이 참 편해진다고 했다.

엄마의 작은 바람을 이루기 위해 나스로 향했다. 일왕의 별장지로 알려진 나스는 도쿄에서 차로 네 시간, 신칸센으로 한 시간 반 거리다. 딸기 생산지이며 아울렛과 오밀조밀한 카페가 있는 관광지이기도 하다.

모든 것은 기대에 미치지 못했다. 겨울의 나스는 메말라 있었다. 딱딱하게 굳은 땅 위로 살포시 눈이 날리기 시작한다. 산나물과 메밀국수를 파는 집에서 허기를 달랬다. 겨울이라 산나물은 소금과 간장에 절여져 있었다. 간장과 어우러져도 향이 살아 있는 두릅 무침을 엄마는 맛있게 먹었다.

"튀김이었으면 더 맛있었을 텐데."

나는 아쉬워했다.

"한 번 더 오면 되지 뭐."

엄마는 대수롭지 않다는 듯 대답했다.

엄마와 딸의 여행은 광고에서 보는 것처럼 신이 나거나 화기애애한 분위기는 아니었다. 상상처럼 엄마와 딸이 두 손을 꼭 잡고 도란도란 이야기를 나누는 모습도 아니었다. 엄마와 보내는 둘만의 짧은 시간은 왠지 어색했다. 우리는 애써 대화하지 않았다. 엄마는 특별히 어딘가 가고 싶어 하는 눈치도 아니었다. 프랑스 유리 공예가 에밀 갈레Emile Galle 미술관에도 가지 않았고, 트릭 아트 박물관도 들르지 않았다.

점심을 먹고, 민가를 카페로 개조한 유메야夢屋를 찾았다. 넓은 마당에는 짚이 쌓여 있고, 나무로 된 건물 안에는 털실로 짠 모자와 장갑이 진열되어 있다. 알록달록한 털실은 보고만 있어도 가슴 깊은 곳부터 따뜻해진다. 유메야는 메밀가루로 만든 크레이프의 일종인 프랑스 전통 요리 갈레트galette를 내는 곳이다. 일본식 전통 화로인 이로리囲炉裏에 둘러앉아 마시는 짜이가 별미다. 이로리는 바닥을 네모나게 파고, 그 안에 재를 넣어

엄마와 보내는

둘만의 짧은 시간은

왠지 어색했다.

우리는 애써 대화하지 않았다.

둔 공간이다. 서양식 난로와 비슷한 것이 방 한가운데에 정갈하게 놓여 있다.
엄마는 짜이 대신 뜨거운 커피를 주문했다. 카페오레도 카페라테도 아닌, 순수한 커피 말이다. 혀를 파고드는 강한 쓴맛과 신맛이 어우러진 커피였다.
"20대 때는 하루에 아홉 잔도 마셨는데, 이젠 두 잔 이상 마시면 속이 쓰려."
커피는 엄마의 좋은 친구였다. 엄마는 술을 마시지 못했다. 맨땅과 돌무더기뿐이었던 시골 마을로 시집간 후, 엄마를 위로해주고 다독여줬던 것은 커피였다. 커피를 한 모금 머금은 엄마는 라이터를 켜고 담배에 불을 붙인다. 나는 담배 냄새에 눈살을 찌푸린다. 엄마는 손을 휘저어 연기가 내 쪽으로 오지 않게 한다.
담배 역시 시집살이와 남편의 빈자리를 견디게 해주는 위안거리였다. 건강에 나쁘다지만 엄마에게 끊으라고 강요하지는 않았다. 엄마에겐 엄마를 채워줄 것들이 필요했기 때문에. 담배를 끊으라고 말해본 적도 있었지만, 언제부턴가 내게 그런 자격이 있는지 회의감이 들었다.
메마른 논과 밭을 보면서 나는 초록으로 빛나는 논과 밭을 상상했다. 담배를 한 모금 빨고서 엄마는 처음 논에 들어갔다가 거머리를 만난 얘기를 풀어냈다. 할머니가 담뱃불로 거머리를 떼어낸 사연을 말이다.

나스에서는 아무 일도 일어나지 않았다. 우리는 별난 이야기를 주고받지도 않았고, 특별한 것을 체험하지도 않았다. 잠깐 바람을 쐬었을 뿐이다. 눈발이 흩날리고, 엄마는 옷깃을 여민다.

“엄마 추워? 괜찮아?”

“나이가 드는지 요즘은 춥더라. 엄마가 젊었을 땐 서울이 영하로 내려가도 안 추웠는데. 내가 정말 나이가 들었나 봐.”

엄마는 조금씩 나이를 먹고 있었다. 나도 나이를 먹고 있었다. 드라마틱한 순간을 기다리기보다 일상에 더 충실해지는 나이가 되고 있었다.

엄마도 나도 특별한 것을 원하지 않았다. 여행이란 이유로 새삼스레 서로에게 비밀을 털어놓지도 않았다. 평소처럼 엄마는 엄마대로 나는 나대로 무뚝뚝한 표정으로 서로를 바라보다 집으로 돌아왔다. 돌이켜보면 나는 엄마에게 앙탈이나 애교를 부려본 적이 없었다. 엄마는 어리광 피우지 않는 딸을 어떻게 생각했을까? 가끔 섭섭했을 것이다. 조금 재미도 없었을 것이다. 한편으론 아이답지 않은 딸이어서 다행인 순간들도 있었을 것이다.

흩날리는 진눈깨비를 보며 아바의 오래된 노래들을 들으며 도쿄로 돌아왔다. 여전히 아스팔트가 깔린 세상이었지만, 마음 한편의 맨땅에 작지만 반듯한 이파리가 돋아난 기분이었다.

#2

오키나와와 아마미
沖縄, 奄美

그 존재만으로 위로

어릴 적 우리 가족은 여름휴가가 아니어도 자주 여행을 다녔다. 엄마도 아빠도 집에 있는 걸 못 견뎠다. 우리는 주말이면 텐트를 트렁크에 싣고 짐을 꾸려 어딘가로 떠났다. 목적지는 대부분 바다였다. 황해, 동해, 남해 어디든지 좋았다.

엄마와 아빠는 여행 가는 날에 맞춰 음악 테이프를 새로 만들었다. 그 시절엔 음반 가게를 찾아가 원하는 노래를 요청하면 테이프 하나에 담아 주었다.(지금은 저작권 문제로 큰일 날 것이다.) 엄마는 밤새 고른 노래 목록을 들고 음반 가게를 찾아간다. 그럼 가게 주인은 알았다는 듯 미소를 지으며 일주일 후에 오라고 말한다. 일주일 후 엄마는 흡족한 마음으로 엄마표 테이프를 받아 든다. 그리고 우리의 여행은 시작된다. 엄마는 롤링 스톤스, 딥 퍼플, 퀸처럼 신나고 강렬한 곡을 좋아했다.

남동생은 자연농원을 좋아했고, 나는 부곡하와이의 박제박물관에 흥미를 느꼈다. 부곡과 하와이가 어떻게 하나가 될 수 있었는지도 궁금했지만, 박제박물관의 존재 자체가 내게는 충격이었다. 그곳에는 엄청난 크기의 곰이 서 있었고, 족제비와 여우가 날 바라보고 있었다. 말로는 표현할 수 없는 무서움과 호기심이 동시에 느껴졌다. 비록 영혼 없는 죽은 동물이지만 생명력을 느끼게 하는 무언가가 거기 있었다. 엄마와 아빠는 바다를 좋아했다. 설악산을 내려와 바닷가 민박에서 지낸 일주일은 아직도 기억에 남는다. 황홀한 맛의 감자 부침개와 촘촘하게 알이 박힌 보석 같은 옥수수도 말이다.

엄마는 바다가 보고 싶으면, 지바千葉의 구주구리九十九里로 향했다. 지바현 보소房總 반도의 동쪽 해안에 있는 총 66킬로미터에 달하는 해변이다. 이곳의 새하얀 모래밭은 일본 백사장 100선에 선정되기도 했다. 엄마는 챙이 넓은 모자와 선글라스를 쓰고 모래사장에 누웠다. 살이 타는 걸 조금도 꺼리지 않았다. 엄마가 젊은 시절엔 일부러 검게 태우는 것이 유행했다고 한다. 엄마는 미백에는 조금도 흥미가 없어 보였다.
"여름엔 좀 까무잡잡한 게 좋은 거야."
"엄마 요즘은 사계절 모두 하얀 게 훨씬 좋은 거야. 한 번 태우면 잘 돌아오지도 않아."
사사건건 이런 식이었다. 엄마와 나는 자주 어긋났다. 내가 원피스를 입으면 엄마는 청바지에 티셔츠를 입는 게 훨씬 세련된 것이라고 했고, 나는 하이힐을 선호했지만 엄마는 굽이 낮은 신발을 신었다. 내가 오다기리 조가 멋있다고 하면 너무 어둡게 생겼다고 말을 잘랐으며, 전철을 타자고 하면 버스로 가겠다고 반대했다.
그렇지만 음악과 책에 관해서는 이견이 없었다. 우리는 이외수를 사랑했고 최인호의 글을 읽었으며 이해인 수녀의 시집을 사 모았다. 이상문학상 작품집을 함께 읽기도 했다. 엄마는 박민규의 「낮잠」을 읽고 "이런 일이 있을 수도 있겠다"며 고개를 끄덕였다. 박민규다운 띄어쓰기와 행갈이, 문체에도 우린 금세 익숙해졌다.

책과 음악 외에 우리에겐 '바다'가 있었다. 그 앞에 서면 엄마와 티격태격하는 게 아무 의미가 없다는 걸 온몸으로 알게 된다. 엄마가 구주구리에 만족했다면, 나는 오키나와와 아마미를 좋아했다. 매일 가게를 열어야 하는 엄마는 꿈꿀 수 없는 곳을 나는 드나들었다. 원래 류큐琉球 왕국이던 오키나와는 1879년에 일본으로 편입되었고, 제2차 세계대전 직후 미국 영토가 되었다가 1972년에 일본으로 반환되었다. 사탕수수가 재배되던 이곳은 일본에 편입되기 전부터 본토의 침략을 여러 번 겪었다.
오키나와에 못 미쳐 아마미 제도가 있다. 아마미 제도의 주요 섬인 아마미오奄美大 섬은 아직 개발이 덜 된 곳이다. 새하얀 백사장은 동남아의 해변을 떠오르게 하지만 더위는 훨씬 덜하다. 아마미의 향토 요리인 게이항鷄飯은 따뜻한 국물이 일품이다. 밥 위에 닭고기, 달걀지단, 버섯, 파파야 절임, 김, 깨 등을 얹은 후, 닭고기로 우려낸 수프를 붓는다. 간단히 말해 닭고기 수프에 밥을 말아 먹는 요리인데, 고소하고 든든하다. 달콤 짭짤하게 조린 표고버섯도 밥도둑이다. 아마미는 저녁에 나가 술 마실 곳도 별로 없고 전철도 다니지 않는 한적한 곳이라 정말 쉬고 싶을 때 추천하는 장소이다. 아마미의 원시림을 찾아가면 맹그로브mangrove 숲과 만날 수 있다. 카약을 타고 맹그로브를 보고 있으면 마음 깊은 곳까지 깔끔히 씻겨 나간 기분이 든다. 물은 잔잔히 흐르고 아열대 식물들은 특유의 향을 뿜어낸다.

관광지로 개발된 오키나와에는 저녁에도 즐길 것이 많다. 미군 부대 근처의 옷 가게들은 미국 스타일의 패션을 선보이고 있어 구경하는 재미가 있고, 국제거리에는 라이브 하우스가 여럿 있어 오키나와 전통 음악을 즐길 수 있다.

오키나와 다마구스쿠玉城 촌의 하마베노 차야浜辺の茶屋는 창문을 활짝 열어젖힌 카페다. 창문 밖으로 파란 바다가 일렁인다. 흙으로 빚은 잔에 커피가 나온다. 커피는 따뜻하고, 눈앞에는 바다가 펼쳐져 있고, 창가에선 눈부신 햇살이 쏟아진다. 모든 것이 완벽한 순간이다. 카페에 앉아 바다를 보고 있으면 바다가 시각적인 산물이 아니라 청각적인 산물이라고 느끼게 된다. 온통 소리로만 가득 찬 바다가 거기에 있다. 처얼썩 처얼썩, 착 따악. 바다는 연신 어떤 소리를 뿜어내고 있다. 내가 조용해질수록 바다의 소리는 더 크게 내 귀를 파고든다.

아쉽게도 엄마와는 아마미에도 오키나와에도 가지 못했다. 아빠가 떠난 그해 겨울, 엄마와 나는 겨울 바다를 보러 인천에 갔다. 인천 앞바다는 차갑고 어두웠다. 손바닥만 한 유원지에서 저녁노을을 보러 온 한 커플만이 칸이 여섯 개뿐인 관람차에 오르고 있었다. 초라하고 쓸쓸한 시간이었다. 햇볕은 관람차에 닿아 부서지면서 더욱 빛을 발하고 있었다. 엄마와 나는 담담히 산책을 하고 바다에게 안녕을 고했다. 아빠는 왜 죽은 거냐고 바다를 향해 외치는 일 따위는 하지 않았다. 겨우 초등학생이었지만 그런 일은 유치하게 느껴졌다.

엄마와 내가 왜 바다를 사랑하고, 왜 바다를 눈앞에 두면 마음의 응어리가 절로 풀렸는지 설명할 수는 없다. 긴 투병 생활 동안 병실에 앉은 엄마는 바다가 찍힌 사진집을 손에서 놓지 않았다. 바다는 그 존재만으로 위로가 되는 것이니까.

BEVERLY
DR
400 N
S. SANTA MONICA
BLVD
9400

#3

로스앤젤레스

동경의 끝

어린 시절, 서양 사람은 모두 미국인이라고 생각하던 때의 얘기다. 충남 천안에 있는 성환의 시골 마을, 한두 달에 한 번씩 미제 장수 아줌마가 우리 집을 찾아왔다. 껍질을 안 깐 아몬드, 피스타치오 등이 든 믹스 넛츠, 가루 주스, 커피, 영양제, 40~50센티미터는 되던 치즈, 그리고 미국산 쫄쫄이 같은 주전부리를 사서 저녁이면 가족이 모여 함께 먹었다. 엄마가 망치로 아몬드를 내리치면 나는 얼른 낚아채 껍질을 벗겨냈다. 고소한 시간이 흘렀다.

엄마는 미국을 동경했다. 엄마에게 미국은 자유로운 나라였다. 거기선 마음대로 옷을 입고 마음대로 먹고 마음대로 자도 될 것 같았다. 하고 싶은 말을 다 꺼내도 아무도 이상한 눈으로 보지 않는 유토피아로 보였다.

엄마에게 유토피아란 하고 싶은 말을 하고, 하고 싶은 것을 할 수 있는 곳이었다. 더불어 커피를 맘껏 마실 수 있는 곳.

사촌 언니가 거의 5년에 가까운 미국 생활을 정리하고 한국에 들어왔을 때 엄마는 그녀가 입은 옷을 탐냈다. 미국 냄새가 풍기는 특이한 청바지를 얻어서 내게 입혀주고 싶어 했다. 사촌 언니는 "안 돼, 내 옷이야. 왜 자꾸 내 옷을 뺏어서 쟤한테 주려고 해"라며 어른들 앞에서 짜증을 냈다. 하고 싶은 말을 입에서 나오는 대로 하는 그 언니를 보며, 실제로 나는 자유를 느꼈다.

언니는 어른 앞에서 뒹굴기도 했고, 심지어 어른이 아직 손대지 않은 음식을 먼저 먹기도 했다. 게다가 옷도 자기 취향대로 골라 입었으며, 싫으면 싫다고 당돌하게 말했다. 이모는 그런 자기 딸을 보면서 겸연쩍게 웃었지만 혼내지는 않았다. 다른 이모들도 자기 아이나 다른 조카들에겐 엄했지만 사촌 언니에겐 마냥 너그러웠다.

그건 미국의 힘이 아닐까? 초등학생인 나는 그렇게 느꼈다. 그녀가 갖고 있는 미국의 느낌은 우리에겐 범접하기 어려운 무언가였다. 솔직히 그녀의 행동은 비굴하지도 않았고 품위가 떨어지지도 않았으며, 몸에 밴 듯 자연스러웠다. 내게 언니는 미국산 음식 이외에 접하는 또 다른 미국이었다. 엄마는 족히 열 명은 되는 조카들 중에서 그 언니만 편애했다. 그녀가 미국에서 와서였을까? 아마 그 당돌함 때문은 아니었을까? 엄마는 내가 그녀처럼 되길 바라면서도 나에게는 끝없이 엄하기만 했다. 그래서 엄마는 조카들 사이에서 '호랑이 이모'로 통했다.

엄마는 늘 미국에 가보고 싶어 했다. 유창하게 영어로 얘기하지 못하는 걸 답답해하며 기초 영어책을 머리맡에 두고 시간이 날 때마다 꺼내 보았다. 70년대 한국에서 미국은 꿈의 나라였다. 미국은 부자 나라였고, 아름다운 나라였고, 자유로운 나라였다. 시집살이를 하면서 미국에 대한 엄마의 동경은 더해갔다. 미국에 시집살이는 없겠지? 설마 없을 거야. 거기가 어떤 나라인데…… 엄마에게는 실제로 가기 위한 곳이 아니라, 마음속의 유토피아가 필요했던 것이리라.

2006년 봄, 나는 엄마와 미국에 다녀오리라 마음먹었다. 엄마가 꿈에도 그리던 유토피아를 함께 만끽하고 싶었다. 그렇지만 엄마는 가게 일이 바쁘다며 마다했다. 나는 혼자 짐을 꾸렸다. 여행을 제안해도 번번이 거절하는 엄마에게 서운했다. 엄마는 딸이 열심히 벌어온 돈을 허투루 쓰는 것 같아 싫다고 했다. 한편으론, 딸과의 여행에서 일어날지 모를 작은 의견 충돌을 귀찮아하는 것도 같았다. 그런 의미에선 나도 혼자만의 여행이 조금 더 편하기도 했으니까.
미국에서 나는 작은할아버지 댁에 머물렀다. 할아버지는 '맛있는 것을 먹고 멋진 옷을 입겠다'를 지론으로 삼고 살아오셨다. 엄마와는 다른 인생이었다. 가장 맛있는 것을 먹고, 가장 훌륭한 옷을 멋지게 소화하면서 살고 싶다는 그 의지에 나는 압도당했다. 아침엔 된장국을 먹고, 곧바로 게장을 먹으러 간 후, 다시 옆집으로 칼국수를 먹으러 가고, 저녁엔 스테이크를 먹었다. 할아버지는 로스앤젤레스에 있는 모든 맛집을 내게 보여줄 참이었다.

도쿄에서 엄마와 나는 맛집을 찾아다니지는 못했다. 엄마는 신주쿠에서 벗어나는 걸 원하지 않았고, 나는 줄 서는 것을 싫어했다. 세상에 있는 모든 맛있는 음식을 맛보겠다는 작은할아버지의 매우 단순한 라이프스타일에 처음엔 웃음이 나왔지만 나는 점점 감동했다. 세상에 맛있는 음식이 이렇게 많다니! 니만 마커스Neiman Marcus 백화점 라운지에서 캐비어 샌드위치를 먹을 때는 엄마에게 가져다주고 싶은 마음이 간절했다. 일본에 돌아가면 엄마와 맛집 탐방을 하고 싶었다. 엄마에게 맛있는 음식이 신주쿠에만 있는 게 아니라는 걸 알려주고 싶었다. 그렇게 원하던 자유를 엄마는 일본 땅에서 조금쯤은 맛봤을까? 일본에 온 후 엄마에겐 미국을 동경할 틈마저 없었던 것은 아닐까?

그렇게 원하던 자유를
엄마는 일본 땅에서 조금쯤은 맛봤을까?
일본에 온 후 엄마에겐
미국을 동경할 틈마저
없었던 것은 아닐까?

저녁 무렵 할아버지와 샌타모니카Santa Monica까지 드라이브를 나선다. 핑크빛 노을이 하늘 저편에 걸려 있다. 오렌지도 레드도 아닌 옅은 핑크다. 노을은 모든 감정의 시작이다. 출렁이는 바다는 태양 아래 반짝이고 자동차 안에서는 한인 방송이 흘러나왔다.

패티 김의 '어쩌다 생각이 나겠지'가 흐른다. 어쩌다 생각이 나는 사람이 내 가슴엔 몇이나 될까. 생의 마지막 그날, 머릿속에 떠오르는 사람들을 돌아보며 행복했다고 말할 수 있을까. 엄마 말고 떠오르는 사람이 또 있을까. 그 길 위에서 엄마를 생각하고 또 생각했다.

#4

이탈리아

나 홀로 묵주 기행

회사를 그만두었다. 속된 말로 때려치웠다. 결혼했기 때문이라는 진부한 이유를 붙여본다. 회사를 그만두려면 이유가 필요했고, 결혼만이 유일한 긍정적인 이유였다. 그리고 남편의 안정적인 벌이 덕분에 나는 프리랜서 생활을 시작할 수 있었다. 한국 드라마의 일본어 자막 관련 일을 하거나 통역을 하고 강의도 했다. 직장에서 받던 월급에는 못 미치는 금액이었지만, 용돈을 벌었고 생활비에도 어느 정도 보탬이 될 수 있었다. 퇴사를 결정한 후 나는 인터넷으로 여행 사이트만 찾아봤다. 여행을 떠나면 새로운 것을 깨닫고 새로운 삶을 시작할 수 있을 것 같았다. 그것이 허망한 기대에 지나지 않는다는 사실도 알고 있었다. 모든 여행은 여행일 뿐이다. 여행길에서 얻은 것은 돌아오고 나면 잊히는 법이다. 34개국을 여행한 재일 동포 일인극 배우 김이화는 "목적이요? 여행의 목적?

사람들은 꼭 그걸 물어요. 목적은 없었어요. 그냥 가고 싶어서 가본 거예요. 거기서 얻은 것은 경험이지 목적은 아니었어요"라고 말한다. 여행에 목적을 부여하는 것은, 여행이라는 비일상으로의 문턱이 너무 높아서다. 그 문턱을 넘기 위해 사람들은 자기 최면을 건다.

그리스와 이탈리아를 떠올렸다. 결론은 이탈리아였다. 엄마가 가장 가고 싶어 하는 바티칸 때문이었다. 그날부터 나는 엄마를 설득하기 시작했다.

"비용은 내가 다 낼게, 엄마는 시간만 내면 돼."

"어? 그게 왜 안 되는데? 엄마도 바티칸 가고 싶어 했잖아."

"나중에 언제? 엄마 거기가 얼마나 먼 줄 알어? 여행 가면 걷기는 또 얼마나 걷는데. 그러니까 조금이라도 건강하고 젊었을 때 가야 한다니까."

그래도 엄마는 쉽게 움직이지 않았다. 여행 일자는 다가오고 있었고 여행사에선 둘이 갈지 혼자 갈지 빨리 정하라고 연락이 왔다. 엄마의 마지막 통보는 "가게 문을 닫을 수 없다"였다.

야속한 마음을 접고 혼자 여행길에 올랐다. 밀라노, 베로나, 베네치아, 피렌체, 아시시 그리고 로마까지 2주간의 여행이었다. 마지막 나흘은 로마에서 보냈다. 로마의 거리를 끝없이 걸었다. 중앙역에서 바티칸까지는 전철을 탔고, 바티칸을 돌아본 후엔 진실의 입을 지나 콜로세움까지 걷고 또 걸었다. 6월의 햇살은 뜨거웠다. 소매 없는 원피스에 샌들 하나 달랑 신었다. 면으로 된 원피스는 저녁에 빨아 널면 다음 날 아침엔 바삭하게 말라 있었다.

성 베드로 성당에서 미사를 보고 영성체를 모셨다. 엄마와 함께 오지 못한 게 너무나도 후회되었다. 바티칸의 아름다운 미술품에 하루 종일 빠져 지내다가 그 다음 날도 바티칸을 찾았다. 엄마를 위해 은묵주를 샀다. 은은 자주 만져주지 않으면 금세 녹이 슨다. 은묵주는 기도를 많이 하는 사람을 위한 것이다. 매일 만지며 성모 마리아를 찾는 사람에게 필요한 선물이다. 엄마는 냉담자였지만 묵주를 손에서 놓지 않았다. 내가 엄마가 되어보니 엄마의 기분을 알 것 같다. 엄마에겐 지킬 것이 있었다. 아이들을 생각하면 묵주를 손에서 놓을 겨를이 없었던 것이다.

바티칸 주변의 성물 가게에 들러 묵주를 사고, 바티칸 박물관에서 또 샀다. 실은 어디를 가든 묵주를 샀다. 베네치아에선 베네치안 글라스로 만든 묵주를 샀고, 아시시에선 나무로 된 묵주를 샀다. 붉은 색 베네치안 글라스는 어두운 성당 안에서는 빛을 감추었다가 밖으로 나오면 그 화려한 색을 온 천하에 빛낸다. 나무로 된 투박한 느낌의 묵주는 '가난'과 결혼했다는 성 프란체스코처럼 검소하고 정갈한 자태를 자랑한다.

묵주만으로 가득 찬 가방이 뿌듯했다. 어디를 가든 아름다운 묵주는 넘쳐났다. 엄마가 좋아하는 사람을 만날 때 선물할 수 있도록 작은 묵주도 여러 개 구입했다. 여행은 어느새 엄마를 위한 묵주 기행이 되어 있었다.

혼자 다니는 여행은 즐겁기도 하지만 긴장도 된다. 어디를 가든 이탈리아 남자들은 편하게 말을 건넨다. 어디서 왔어요? 관광객이에요? 이름이 뭐예요? 이 정도 질문엔 대답해줄 수 있다. 사적으로 만나자는 요구엔

"No"가 정답이다. 여행객은 여행객다울 때 가장 멋스럽다. 나는 동양에서 온 도도한 여인을 연기한다. 신비한 매력만이 여행에서 유종의 미를 거둘 수 있다. 금세 "Yes"를 해버리면 가벼운 실랑이를 벌일 재미조차 없지 않은가. 하나 덧붙이자면 내 마음속에는 이미 다른 남자가 있었다.

그를 만나러 피렌체의 두오모에서 내려와 아카데미아 미술관을 찾았다. 오후 2시가 넘은 시각, 아카데미아는 한산했다. 그는 조용히 서 있었다. 원형 천장을 뚫을 만큼 키가 큰 그의 곱슬머리가 햇살에 반짝였다. 미켈란젤로의 다비드는 근육이 잘 다져진 청년이었다. 골반이 좁고 엉덩이가 잘생겼다. 다비드 같은 남자를 본 후엔 누구를 봐도 감흥이 일지 않는다. 게다가 그는 말이 없고, 내게 아무것도 요구하지 않는다. 그저 거기 서서 자신의 아름다움을 뽐내고 있을 뿐이다. 나는 다비드 상 앞에 한 시간이 넘도록 앉아 있었다. 어디를 봐도 아름다운 사람이었다.

이탈리아 여행은 금세 끝이 났다. 로마의 강렬한 햇볕 때문에 넓은 챙이 달린 모자를 길거리에서 사서 쓰고 여기저기 산책했다. 그러다가 고대 유적지에서 길을 잃었지만 한 일본인이 진실의 입까지 바래다주었다. 지도를 펼치면 또 누군가가 다가와 길을 알려주었다. 바티칸 박물관에 간 첫 날은 어여쁜 한국인 자매를 만나서 함께 점심을 먹는 행운을 누렸다. 모든 것이 그야말로 '다행'한 순간이었다.

내가 혼자 여행을 하는 동안 엄마는 나를 위해 얼마나 많은 묵주신공을 바쳤을까? 엄마는 오후 4시면 침대에 걸터앉아 묵주신공을 드렸다. 엄마의 기도 내용을 알 수는 없었지만, 물어보나 마나였다. 이탈리아를 여행하는 내내 나는 엄마의 기도와 함께했다. 나도 모르는 사이에.

#5

훗카이도
北海道

여자, 엄마

내가 가자는 모든 여행을 거절하던 엄마가 홋카이도 여행을 떠났다. 나는 따라가지 않았다. 엄마와 엄마의 연인은 여름의 홋카이도로 향했다.
엄마는 더위를 싫어했다. 겨울을 조금이라도 더 붙들고 싶어 했다. 봄바람이 불기 시작하면 금방 더위가 찾아온다고 벌벌 떨었다. 엄마는 겨울을 사랑했다. 가을의 쓸쓸함이 지나고 찾아오는 으스스한 싸늘함, 그 추위 속에 있을 때 정신이 난다고 말했다. 손발이 찬 나는 봄과 여름만 있는 나라에서 살고 싶었지만 엄마는 정반대였다.
여행을 다녀온 엄마는 오타루小樽 운하의 아름다움을 자랑했다. 오타루는 홋카이도 원주민인 아이누족의 언어 '오타 오르 나이'에서 유래했다. 모래밭 속의 강이란 뜻으로, 오타루 시와 삿포로札幌 시의 경계를 흐르는 오타루나이小樽内 강을 부르던 단어다. 오타루는 러시아 교역의 중심지였고, 석탄을 일본으로 운송하는 근거지로 발전해왔다. 관광객들에게는 영화 〈러브 레터〉의 촬영지로 유명하다. 오래된 건물과 작은 골목, 항구와 창고, 운하가 어우러진 오타루는 산책하기에 좋은 도시다. 엄마는 오타루의 골목골목에 난 작은 꽃들도 모두 아름다웠다고 전했다.

엄마는 삿포로의 맥주 공장도 구경했는데, 견학 후에 공짜로 마신 맥주 한 잔에 얼굴이 빨개져 부끄러웠다는 얘기도 빠뜨리지 않았다. 엄마는 술을 잘 못 마셨다. 가게에서 손님들과 함께 한두 잔 마시는 술로는 절대 취하지 않았지만 가게 밖에서는 한 모금만 머금어도 온몸이 빨개졌다. 긴장은 엄마의 몸을 그렇게 오락가락하게 만들었다.

홋카이도 여행에서 엄마의 마음에 가장 들었던 것은 해산물도 아름다운 경치도 아닌 날씨였다. 7월인데도 기온이 18도를 넘지 않았다. 사진 속 엄마는 청바지에 낙낙한 여름용 니트를 걸치고, 선선한 겨울 나라에서 환하게 웃음 짓고 있었다. 비를 맞으면서도 연신 웃는 얼굴이다. 엄마는 언젠가 홋카이도에 가서 살고 싶다고 말했다.

사진 속에서 웃고 있는 엄마의 얼굴이 살짝 얄밉다. 엄마는 아빠에겐 좀처럼 웃어주지 않았다. 아빠는 엄마가 화가 나면 여행으로 풀어주려 했고, 엄마는 여행 내내 화가 나 있었으며, 그 불똥은 우리에게도 튀었다. 화가 난 엄마의 눈치를 보고, 싸운 원인을 몰라도 엄마 편에 서서 엄마를 위로하는 것이 우리의 몫이었다. 아빠와 엄마는 함께 찍은 사진도 별로 없다. 몇 장 되지 않는 사진 속에서도 엄마의 웃는 모습은 찾기 힘들다. 엄마와 아빠는 서로 뜻이 맞을 때는 최고로 좋은 관계였지만, 일단 틀어지면 둘 다 굽히지 않아 냉전 상태가 오래 갔다. 어릴 적, 엄마와 아빠가 다투면 나는 엄마가 집을 나가지는 않을까, 그래서 우리가 버려지지는 않을까 늘 걱정스러웠다. 그런 날은 엄마한테 편지를 썼다. 내가 엄마를 얼마나 사랑하는지, 왜 엄마가 이 집에 있어야 하는지에 대해서 말이다. 밥도 못하고 빨래도 못하는 아빠와의 생활은 상상도 되지 않았고 상상한다 한들 행복해 보이지 않았던 것이다.

엄마는 아빠의 기억을 저편에 묻고 새로운 연애를 시작했다. 딸인 나는 쿨한 척 그럴 수도 있다고 생각한다. 가슴 한편이 살짝 시리지만 엄마에겐 엄마의 인생을 살아갈 권리가 있고 행복해질 이유도 있다. 더 이상 섭섭해하지 말자고 자신을 다스렸다. 아무리 그래도 딸의 제안에는 "먹고 살아야 한다"며 퇴짜를 놓던 엄마가 연인과 홋카이도 여행을 떠났다는 사실은 내심 불편하고 서운했다. 그렇지만 엄마에게도 사정이 있었을지 모른다. 사랑을 선택한, 여자로서의 엄마를 나는 있는 그대로 받아들이고 싶었다.
홋카이도는 엄마에게 아주 좋은 추억을 남겼다. 몇 번이나 반복해서 들어도 엄마가 들려주는 여행 이야기는 하나같이 즐거움으로 가득했다. 이야기를 하는 동안 들뜬 엄마의 모습도 보기 좋았다. 나는 아직 홋카이도에 가보지 못했다. 추위를 싫어하니 영영 못 가볼지도 모른다. 아니, 추위는 핑계일 거다. 사실 이 나이가 되도록 마음속으로는 엄마와 연인을 온전히 받아들이지 못했다. 아무래도 내게 홋카이도는 끝내 닿지 않을 장소로 남게 될 것 같다.

#6

토토로의 숲
トトロの森

치유의 바람

길어야 육 개월이라고 의사는 말했다. 엄마는 믿지 않았다. 나도 믿지 않았다. 감히 어느 누가 사람 목숨의 기한을 그렇게 쉽게 입에 올릴 수 있나. 재발 소식을 들은 후 할 수 있는 모든 것을 해보기로 했다. 죽기 살기로 덤비는 것이 아니라, 할 수 있는 일이 있다면 우선은 해보는 것이 엄마도 나도 마음이 편했기 때문이다. 우리는 상황버섯을 달였고, 가톨릭 성지에서 온 기적의 샘물이나 산양의 초유도 구했다. 매일 아침 항암에 좋은 채소와 과일로 주스를 만들었다. 공기 좋은 요양원에 엄마를 모시고 싶었는데, 엄마는 도회지의 병원을 택했고 호전되면 집으로 돌아왔다. 대신 좋은 공기를 쐬러 자주 나갈 참이었다. 남편은 토토로의 숲에 가보자고 제안했다.

사야마狭山 구릉은 도쿄 도와 사이타마埼玉 현의 경계에 있다. 동서 11킬로미터, 남북 4킬로미터로 총면적 3,500헥타르의 땅이다. 남관동 지역 중 자연이 가장 풍부한 곳이다. 사야마 구릉의 동쪽 끝에 위치한 하치코쿠야마八國山 녹지는 미야자키 하야오의 애니메이션 〈이웃집 토토로〉의 배경이 된 장소다. 바람이 일면 숲 전체가 흔들리는데 토토로가 뿅 하고 튀어나올 것 같다.

남편은 아이의 손을 잡고 산을 오른다. 산이 가파르지 않아 오르기 쉬운 편이다. 주말인데도 인적이 드물다. 엄마와 나도 손을 잡고 남편과 아이 뒤를 따른다. 엄마는 걷는 도중에 물을 마시고, 잠시 앉아 쉬기도 한다. 이름 모를 열매들이 나무에 맺혀 있다. 5월의 숲은 덥지도 춥지도 않다. 숲은 바람이 불 때마다 사르르 착착 사르르 착착 소리를 낸다.

산에서 내려와 돗자리를 펴고, 바람을 좀 더 마시기로 한다. 입원하기 전에 이 맑은 공기를 듬뿍 쐬어두어야 한다. "공기가 참 좋다." 작은 목소리로 엄마가 중얼거린다. 아장아장 걷기 시작한 딸아이는 블루베리를 야금야금 받아먹고는 바람이 불자 기분이 좋은지 폴짝폴짝 뛴다. 엄마는 아이가 뛸 때마다 예쁘다고 감탄사를 연발한다. 도시에선 바람이 불어도 느끼지 못하고 지나칠 때가 더 많다. 가끔 바람을 피하기도 한다. 그 바람에 더러운 것들이 섞여 있지는 않을까 싶어 반갑지 않다. 토토로 숲의 공기는 싸늘하면서도 상쾌했다. 시원한 공기가 멀리까지 온 수고를 토닥여준다.

토토로의 숲에서 내려오면 일본 민가가 있다. 방 한쪽에 기모노가 걸려 있고 중간에 널찍한 화로가 있다. 아이들을 위한 알록달록한 색의 팽이도 놓여 있다. 정갈한 방은 낮잠을 자고 싶을 정도로 아늑하다.

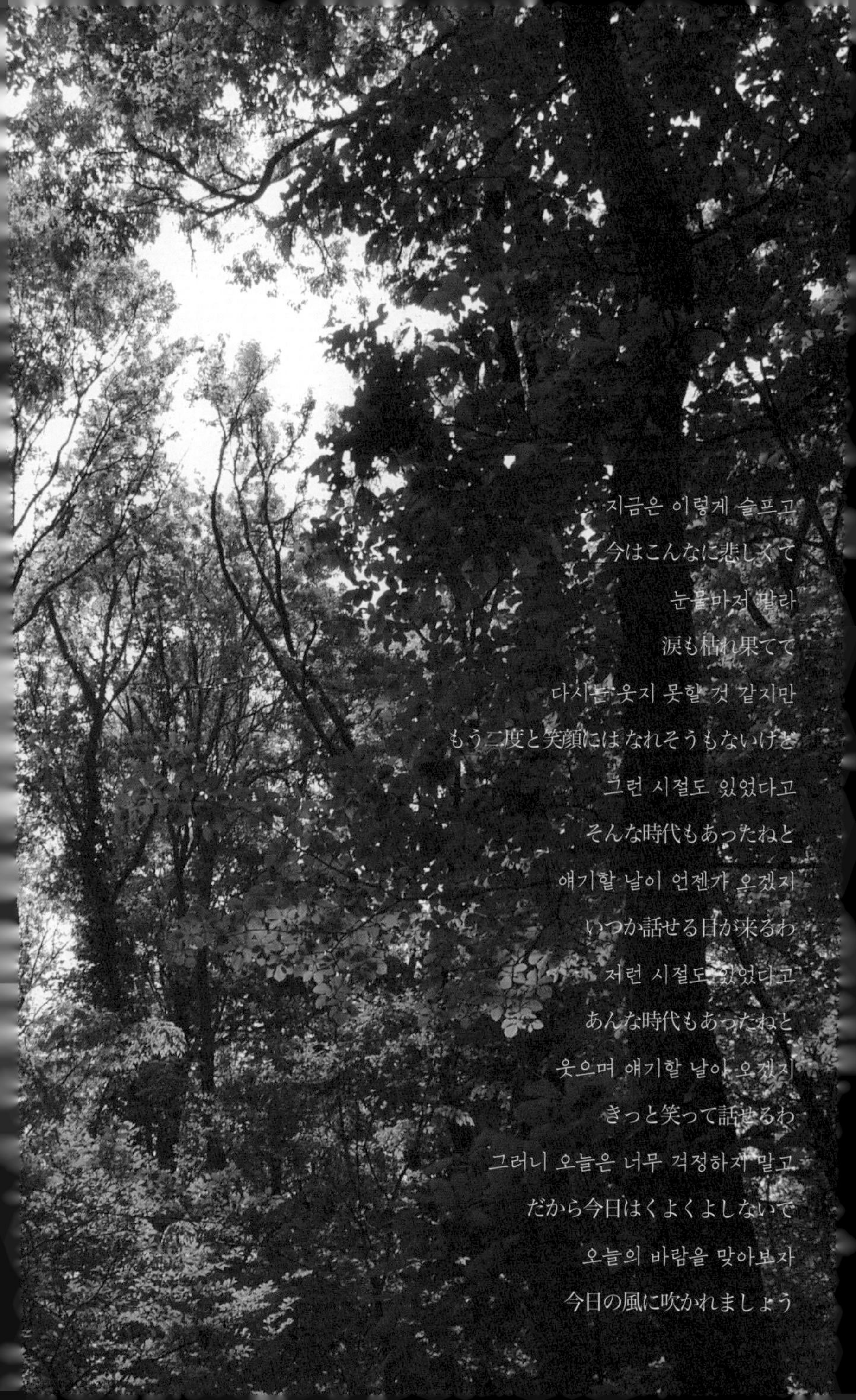

지금은 이렇게 슬프고

今はこんなに悲しくて

눈물마저 말라

涙も枯れ果てて

다시는 웃지 못할 것 같지만

もう二度と笑顔にはなれそうもないけど

그런 시절도 있었다고

そんな時代もあったねと

얘기할 날이 언젠가 오겠지

いつか話せる日が来るわ

저런 시절도 있었다고

あんな時代もあったねと

웃으며 얘기할 날이 오겠지

きっと笑って話せるわ

그러니 오늘은 너무 걱정하지 말고

だから今日はくよくよしないで

오늘의 바람을 맞아보자

今日の風に吹かれましょう

나카지마 미유키中島美雪의 노래 '시대時代'를 흥얼거렸다. 오늘의 바람을 맞아보자. 내일은 또 무슨 수가 있겠지. 이 곡은 '헤어진 연인들도 오늘은 새로 태어나 다시 만날 것이며, 길거리에서 쓰러진 나그네도 오늘은 다시 태어나 걸어갈 것'이라고 노래한다. 시대는 돌고 도는 것이니 걱정하지 말고 나아가라고 등을 밀어준다. 팽이를 손에 든 아이 옆에서 흥얼거리자 아이도 따라서 콧소리를 낸다.

어디선가 토토로가
우리의 이야기를 듣고 있다면,
커다란 입으로 시원한 바람을 뿜어내
엄마의 병도 멀리멀리 날려 보내주길
기도해보았다.

엄마는 많은 말을 하지 않고 그저 "정말 좋다"고 얘기했다. 바람이 좋은 건지, 민가가 좋은 건지, 내가 노래를 하고 있어서 좋은 건지 아무도 묻지 않았다. 엄마와 이런 한적한 곳에 머물면서 남은 시간을 보내야 하는 건 아닌지 고민이 되었다. 그러나 엄마는 남은 시간을 도시에서 보내기로 결정했다. 딸과 아들, 손주가 있는 곳에서 평소처럼 지내다가 떠나고 싶다고 이야기했다. 죽음에 대한 준비는 하지 않겠노라고 선언했다.

어디선가 토토로가 우리의 이야기를 듣고 있다면, 커다란 입으로 시원한 바람을 뿜어내 엄마의 병도 멀리멀리 날려 보내주길 기도해보았다.

〈이웃집 토토로〉의 주인공 메이와 사츠키의 엄마가 치유되었듯 사랑하는 모든 이의 아픔이 치유되기를.

#7

성 마리아 대성당
東京カテドラル聖マリア大聖堂

마지막 여행

엄마는 냉담자였다. 왜 성당에 다니지 않는지 알 수 없었다. 엄마는 내가 어릴 때도 자신을 냉담자라고 소개했었다. 신앙이 있지만 매주 성당에 나가지는 못했는데 아마 그래서가 아니었을까. 그 시절 한국 성당의 분위기는 너무나 엄격했다. '주일을 거룩히 지내라'는 말씀은 주일에는 꼭 성당에서 미사를 봐야 한다는 의미로 해석했다. 엄마는 아마 그것을 지키지 못해서 자신을 냉담자로 생각했던 게 아니었을까. 그것만 빼면 엄마는 착실한 신자였다. 손에서 묵주를 놓지 않았다. 아침에 일어나서 한 번, 오후 4시에 한 번 묵주신공을 올렸다. 잘 때도 묵주를 놓지 않았다. 머리맡에는 성모상 그림이 놓여 있었다.

일본에서 성당을 다니면서, 많은 이들이 주일을 챙기지 않고도 성체를 모시며, 주일에 미사를 빠지는 것이 성체를 모시지 못할 정도로 나쁜 일은 아님을 알게 되었다. 일본은 가톨릭 신자가 한국보다 훨씬 적다 보니 성당에 나가면 말을 걸어주는 사람도 많았다.

나는 모태 신앙이었다. 태어나고 바로 세례를 받았다. 대여섯 살 무렵에 엄마와 함께 성당에 다녔던 기억이 있다. 한 달에 한 번 정도였는데, 미사포를 쓰고 무릎을 꿇은 모습은 어린 내게도 경건해 보였다. 모두가 똑같은 기도를 올리고 성가를 부른다는 게 매우 흥미로웠다. 내 탓이오, 내 탓이오, 내 탓이로소이다. 가슴을 탕탕탕 세 번 두드리는 모습은 경건하면서도 독특했다. 자신의 가슴을 치는 일을, 나는 그전에는 한 번도 본 적이 없었다.

집에 와서 혼자 미사포를 쓰고 기도드리는 흉내를 내보았다. 혼자 가슴을 톡톡 두드려보았다. 주먹의 무게는 생각보다 무거웠다. 가슴 안쪽으로 파문이 일었다. 성당을 몇 번 다니니 기도문은 금세 외울 수 있었다. 아이들이 집에 놀러 오면 성당 놀이를 했다. "일어섭니다.", "자리에 앉습니다.", "입당 성가는 310번입니다." 사회자 역은 언제나 내 몫이었다. 성당에 가본 적이 없는 아이들과 성당 놀이를 하는 건 별로 어려운 일이 아니었다. 같이 기도를 하고 일어섰다 앉았다 무릎을 꿇었다 하는 식이었다.

엄마의 냉담이 풀어진 것은 아빠의 죽음 이후였다. 성당에서 장례를 치렀고, 그 시기 우리는 매주 한 번 이상 성당에 나갔다. 나는 토요일 어린이 미사를 봤고, 엄마는 일요일 미사에 참석했다. 누군가의 죽음, 더군다나 가족의 죽음 앞에서 어쩌면 좋을지 아무도 알지 못했다. 신이 있다면,

답해주길 기도했다.

엄마는 교황 요한 바오로 2세가 내한했을 때 산 교황의 얼굴이 그려진 열쇠고리를 아빠 자동차 키에 달았다. 그런데 그는 아빠도 차도 지켜주지 못했다. 그건 배신이었다. 하지만 엄마도 나도, 배신이라 생각하지 않았고 열심히 성당에 다녔다. 고해성사도 하지 못한 아빠였지만, 천국행 명단에 아빠의 이름이 올라 있기를 기도했다.

아빠는 돌아오지 않았고, 아빠가 천국에 갔는지 하느님은 알려주지 않았다. 생활은 어려워졌고, 기도가 집세를 내주거나 학비를 대주지는 않았다. 그래도 감사했다. 살아 있다는 사실이 그렇게 절실하던 시절도 없었다. 아빠는 삶을 포기하지 말고 끝까지 살라는 의미를 그 죽음에 담아 놓았다.

일본에 온 후 엄마의 냉담은 다시 시작되었다. 한인 미사는 매주 일요일 낮 12시, 메지로目白의 성 마리아 대성당에서 열린다. 일본의 명동성당 같은 곳이다. 주말이면 엄마는 헌금이라며 1000엔이건 2000엔이건 손에 슬쩍 쥐여주었다. 나 혼자 성당에 다녀오면 매우 기뻐하고 칭찬해주었다.

1년에 두 번, 성탄절 미사와 새해 미사에는 엄마도 함께 참석했다. 엄마는 미사가 끝나면 성모 마리아 상 앞에 앉아 혼자 기도를 드렸다. 어린 나는 엄마가 무엇을 그토록 간절히 빌고 있는지엔 관심이 없었다. 나중에 엄마의 유품에서 일기를 봤을 때 비로소 엄마의 기도 내용을 알게 되었다. 엄마는 여전히 아빠를 위해 기도했다. 아빠의 이름을 수없이 쓰며 그가 천국에 가기를 빌고 있었다. 죽음 이후에 다시 만나기를 또는 더 이상 만나지 않기를. 어느 쪽이든 엄마가 아빠를 놓지 않고 있었단 사실이, 반갑고도 가슴 시렸다.

시한부 인생 육 개월을 선고받았지만, 우리는 죽음을 맞을 그 어떤 준비도 하지 않았다. 육 개월은 의사의 판단일 뿐이다. 하느님은 별도의 길을 준비해놓았을지도 몰랐다. 아니, 엄마의 몸과 정신이 이겨낼지도 몰랐다. 다큐멘터리 영화 〈엔딩 노트〉와는 정반대의 길을 엄마는 걸었다. 〈엔딩 노트〉의 주인공인 감독의 아버지는 말기 암 판정을 받은 후, 사람들을 만나고 해야 할 일을 챙기며 죽음을 준비한다.
엄마는 죽기 전에 만나야 할 사람을 최소한으로 정했다. 꼭 만나야 할 이들은 바로 엄마의 형제들이었다. 안타깝게도 여섯 남매가 모두 모이지는 못했지만, 다섯 남매가 도쿄에서 상봉했다. 이모들은 오랜만의 도쿄 여행에 들떠 있었고, 엄마는 오랫동안 멀리 떨어져 있던 형제를 만나 반가워했다. 엄마가 떠나기 한 달 전, 칼슘이 피 속에 녹아들어 두 다리에 검은 반점이 나타나기 시작한 시점이다. 고개를 제대로 들지 못할 만큼 약해진 엄마는 다섯 형제를 한눈에 담지는 못했다. 죽음을 앞두고 신경이 곤두선 상태였지만, 아침이면 형제들을 찾았다.
엄마는 성당에서 마지막을 장식해달라고 부탁했다. 비록 병으로 떠나지만, 언제 죽을지 모를 사람이었다는 듯 조용히 사라지고 싶다고 했다. 나는 되도록이면 엄마의 뜻을 따르고 싶었다. 그래서 엄마가 돌아가시는 그날까지 이모들에게 연락을 취한 것 말고는 평소처럼 생활했다. 그리고 엄마의 소원대로 교적을 일본으로 옮겨 장례 미사를 치렀다.

나는 나만 힘든 줄 알았다. 나만 아빠가 없고, 나만 금수저 없이 태어났고, 나만 책임이 무겁다고 여겼다. 엄마 생각은 못 했다. 엄마가 가장 사랑하는 사람을 죽음으로 잃었다는 것도, 엄마가 우리를 먹여 살리기 위해 밤낮으로 전전긍긍했다는 것도, 나는 알면서 몰랐고 모르면서 알았다. 내 기분에 따라 상황에 따라 모른 척했고 아는 척도 했다. 엄마에겐 그래서 기도와 묵주가 늘 필요했던 건지도 모른다.

#8

서울 신설동

All About My Mother

엄마는 서울 신설동 어딘가에서 태어나서 어른이 될 때까지 죽 그곳에서 살았다. 어릴 때 세례를 받은 엄마는 동그란 눈이 매우 예뻐서 결혼식 들러리로 유명세를 떨쳤다고 한다. 들러리를 서면 머리를 고데기로 지져야 했다. 머리가 타는 뜨거움을 견디며 누군가의 결혼식에서 꽃을 뿌리는 것이 엄마의 역할이었다. 물론 엄마가 얻을 수 있는 건 약간의 과자와 어른들의 칭찬 정도였다.

학창 시절엔 공부도 잘했다고 한다. 엄마는 대학에 가고 싶어 했지만 여섯 남매 중 셋째에게 대학의 문턱은 너무 높았다. 게다가 엄마 바로 위에 오빠가 있었다. 여섯 남매 중 유일한 아들이었는데 하필이면 재주도 많고 똑똑했다. 엄마는 오빠의 그늘에 묻힐 수밖에 없었다.

엄마가 고등학교를 졸업하자, 외할머니는 돈을 벌거나 돈 많은 사람에게 시집을 가라고 엄마를 달랬다. 그리고 엄마는 은행에 취직했다. 1970년대 당시 은행 여직원의 정년은 스물다섯이었다. 매일 돈을 세고 숫자를 기입하는 일을 엄마는 답답해했다. 은행을 그만둔 엄마는 음악다방에 취직했다. 신청곡을 틀고 간단한 멘트를 하는 디제이가 되었다.
엄마는 자신이 음악을 그토록 사랑하는지 그 일을 하기 전에는 알지 못했다. 음악다방에서 트는 노래들은 대부분 팝송이었다. 통역사인 외할아버지를 아버지로 둔 덕에 수월하게 영어 발음을 익히고, 가사를 외울 수 있었다. 엄마는 서울의 음악다방이 아끼는 디제이였다. 엄마는 팝송을 틀면서 그 자유로운 분위기에 푹 빠졌다. 엄마는 그 외국 노래들을 모두 미국 노래라고 생각했다. 그럴수록 미국이 어떤 나라인지 궁금해졌다.

영화감독이 영화 출연을 제의할 만큼 엄마는 미인이었다. 길거리에서 스카우트되어 무료로 모델 레슨을 받기도 했다. 그런 엄마가 디제이 부스에 있으면 신청곡이 쏟아졌다. 전화번호나 주소, 편지를 건네는 남자도 있었다. 그중에는 베트남으로 떠나게 된 종군 기자도 있었다. 그는 베트남에 가서도 여전히 엄마에게 편지를 보내왔다. 베트남의 현실은 암담했지만, 그럴수록 편지에는 희망의 언어들이 늘어갔다. 엄마는 그 남자의 얼굴을 기억하지 못했다. 그저 종군 기자 아저씨였다고 기억할 뿐이었다. 그렇지만 엄마는 그가 보내준 편지를 오랫동안 보관했다.
아빠는 대학생이었다. 음악다방의 손님이자 엄마 친구의 친구였다. 아빠는 시골에 내려가서 얻어 오는 쌀이며 달걀을 들고 엄마 집 근처에서 하루 종일 서 있기도 했다. 엄마에게 그런 남자는 얼마든지 있었다. 버스

정류장에는 엄마를 기다리던 남학생들이 마치 버스를 기다리듯 줄지어 있었고, 아빠는 그중 한 명이었을 뿐이었다.
엄마가 아빠와 가까워진 결정적인 이유는 '아부지'였다. 엄마는 외할아버지를 아부지라고 불렀다. 외할아버지가 입원해 있는 동안 아빠는 매일같이 찾아와 간병했다. 첫째 딸과 둘째 아들만 예뻐하던 외할머니와 달리 외할아버지는 엄마를 유달리 아꼈다. 그래서 엄마는 외할아버지를 잘 따랐고 손가락과 발가락까지 외할아버지를 닮은 것을 자랑스럽게 여겼다.
외할아버지는 영어와 일어, 중국어에 능통했다. 마흔이 되어서도 독일어를 공부하셨다. 독일 의사들이 소록도의 한센병 환자들을 만나러 왔을 때 한 달 넘게 통역을 맡은 사람이 외할아버지였다. 그런 외할아버지가 말년엔 병으로 고생하셨다. 엄마는 외할아버지를 꾸준히 찾아오는 남자에게 고마운 마음이 들었다. 그리고 "내 꿈은 드넓은 초원에서 소를 기르는 일이다"란 외할아버지의 한마디에 본가가 목장이던 아빠에게 시집가기로 결심했다.

엄마와 아빠의 결혼 생활은 10년밖에 가지 못했다. 아빠가 그렇게 갑자기 떠나고 엄마는 혼자가 되었다. 20대 시절 아름답고 당당하다 못해 오만하던 엄마는, 남편도 재산도 잃고 발 하나에 하나씩 두 아이란 족쇄를 차고 마흔을 맞이했다. 엄마가 겪었을 고독과 두려움을, 나는 이제야 헤아릴 수 있다.
"엄마는 뭐가 되고 싶었어?"

"모델, 다리 모델."

"왜 하필이면 다리 모델이야? 아니 그 시절에 그런 걸 해도 돼?"

"엄마가 얼굴에는 자신이 없어서. 다리에는 자신이 있었거든."

"진짜 그거 하고 싶었어?"

"다리 모델이라면 할 수 있겠다 싶었어. 사실은 성우가 되고 싶었어. 대학을 나왔으면 신문 기자가 되고 싶었고."

엄마는 누구에게나 친절하고 정이 많았다. 다만, 그 정에 연연하지는 않았다. 아빠의 죽음은 엄마에게 홀로 서는 법을 남겼다. 엄마는 가는 손님은 잡지 않았고, 오는 손님은 왕처럼 여겼다. 사람에게 미련을 두는 것은 부질없는 짓이라 말했다. 그리고 사람은 언젠가 죽으니 살아 있는 동안 많이 사랑하라고 누누이 얘기했다. 엄마는 나의 연애에 관대했고, 내가 풍성한 연애를 통해 진정한 짝을 찾기를 바랐다.

엄마는 가장 좋은 조언자였고, 둘도 없는 친구였다. 물론 잔소리를 들을 때면 집을 나가고 싶었고, 하루 종일 설거지와 빨래, 걸레질에 치여 사는 엄마를 보면, 나는 절대로 엄마처럼 살지 않겠다고 결심하기도 했다. 그렇게 엄마를 긍정하고 또 부정하면서 컸다. 엄마를 사랑하지만 엄마처럼 되고 싶지 않다는 모순적인 감정은 그 후로도 오랫동안 계속되었다. 내가 아이를 낳기 전까지 말이다. 이제 나는, 엄마처럼 아이를 현명하게 키우고 싶다.

아빠의 죽음은 내게 인생을 더 열심히 살라고 말해주었다. 언제 죽음이 닥칠지 모르니 하고 싶은 일을 열심히 하라고. 엄마의 죽음은 내게 알을

깨고 나오라고 말해주었다. 타인의 시선에 연연하지 말고, 홀로 서서 이루고 싶은 목표를 향해 달려가라고. 그 모든 죽음이 지금의 나를 만드는 바탕이 되었다. 엄마도 아빠도 없는 이 세상은 슬프고 낯설지만, 한편으론 새롭다. 이 새로운 세상에 뿌리내리고, 남은 생을 살아갈 것이다.

에필로그

인생의 황금기다. 두 아이의 엄마다. 하루 24시간 중 내 몫이 3분의 1이라도 되면 감사해야 하는 그런 삶이지만 그런데도 행복하다. 만족스럽다. 이런 행복 속에서 엄마의 투병이라는 가장 힘겹던 시절을 떠올리기가 쉽지 않았다.

사람은 참으로 간사하다. 엄마를 보내고 돌아오면서 나는 홀가분했다. 엄마의 아픔을 더 이상 보지 않아도 되기에. 그리고 엄마 자신이 그 아픔에서 해방되었기에. 묵직한 무게가 떨어져 나간 느낌이었다.

나에게는 엄마가 하늘이었다. 엄마의 눈빛 하나에 나는 꿈쩍 못했다. 엄마 마음에 드는 사람이 되는 것이 인생의 목표였다. 나는 그렇게 엄마를 사랑했고, 한편으로는 엄마에 얽매여 있었다.

엄마가 떠난 후 나는 세상 밖으로 나왔다. 누에고치를 벗어던졌다. 그런데 실상 달라진 것은 하나도 없다. 나는 여전히 엄마의 눈으로 세상을 보고, 엄마의 입장에서 세상을 판단한다. 엄마의 것들이 내 안으로 옮겨 와

있다. 하루하루 엄마가 되어가는 체험을 한다.

내 인생은 언제나 황금기였다. 돌이켜보면 힘들지 않은 순간이 없었고, 즐겁지 않은 순간도 없었다. 그리고 늘 엄마와 함께였다.

엄마와 도쿄에서 보낸 20년의 시간 중 일부만 글로 묶어봤다. 엄마라는 LP판 중 나는 앞면의 엄마밖에 모른다. 뒷면에는 내가 모르는 엄마의 순간들이 노래로 담겨 있을 것이다.

엄마는 내가 글 쓰는 사람이 되기를 바랐는데, 이제 한숨 놓았을까? 조그마한 딸아이가 훗날 이 글을 읽고 외할머니를 아름답게 기억해준다면 더 바랄 게 없겠다.